Las Últimas Cien Yardas

Sobreviviendo al Holocausto

Cayetano Baca

©copy right by Cayetano Baca

El Autor

Mi nombre es Cayetano Baca, nací en un pueblito mágico llamado Villa del Carbón, en México.

Cuando era joven, mi pasión por el futbol me llevó al deseo de ser futbolista profesional. Lo cual, no logré.

Emigré a los Estados Unidos con la intención de una mejor calidad de vida y estudié Motion Picture en la Universidad de Community Valley College con la intención de que mi historia llegara a ser un largometraje. La llevé a un concurso de Screenplay en Los Angeles, California, y en el tiempo que esperaba por el resultado, recibí la invitación de convertirlo en texto para un libro, lo cual me pareció un gran desafío.

Y aquí está "Las Ultimas Cien Yardas" para que lo disfruten.

Agradecimiento y dedicatoria

Mi más grande agradecimiento por la enorme ayuda que me ha proporcionado en la elaboración de este libro, a la Lic. Diana Espinosa Alcocer. Gracias Diana. Así como también, a Tony Hayward Jr. por su invaluable ayuda.

Dedico esta obra a las personas que están desprotegidas, desamparadas, que gritan por que se haga justicia. A personas que se sienten impotentes por falta de ayuda de las autoridades.

Esta historia está llena de injusticias sociales. Para toda esa gente, con mucho amor.

¿Para qué compraste este libro?

¿Todavía estas ahí?

Bueno, si te interesa leer este libro, te prometo que quedarás muy contento al final.

Te felicito, has elegido una historia muy triste pero muy pegada a la realidad.

Tal vez en algunos lugares del mundo existan desigualdades similares a este tipo de injusticias. Esta obra, podría servir para despertar conciencias y como un llamado a las autoridades para mejorar el servicio a la ciudadanía. Para que haya más justicia social a favor de los desamparados.

Las Últimas Cien Yardas

Sobreviviendo al Holocausto

Cayetano Baca

Vincent, muy nervioso camina hacia dentro del cuartel general Nazi evitando ser visto por los guardias de seguridad, se dirige directamente a donde se encuentran unos documentos oficiales y busca por unos documentos específicos, cuando los encuentra, los sustrae escondiéndolos dentro de su saco. Vincent estaba robando documentos oficiales de los Nazis. Vincent se las arregla para salir del cuartel Nazi sin ser visto, evitando a toda la seguridad. Una vez que Vincent se encuentra fuera del Cuartel general Nazi, camina muy deprisa volteando su cabeza en todas direcciones, como queriendo asegurarse de que nadie lo estaba viendo, se miraba muy preocupado y con mucho miedo. No muy lejos, un hombre desconocido lo estaba esperando, este hombre desconocido, se notaba muy preocupado; cuando los dos pudieron reunirse de frente miraban para todos lados, asegurándose que nadie los veía, apenas si intercambiaron unas pocas palabras. Vincent sacó de su saco los documentos que robó a los Nazis, se los dio a el hombre desconocido y este a su vez le estaba entregando dinero a cambio. Cuando la transacción estaba hecha, ambos caminaron lo más rápido posible en direcciones opuesta. Mostraban mucha preocupación en sus rostros. Mientras, Michael, el hijo de Vincent regresaba a casa del trabajo, le dio un beso a su esposa Tamara, ella lo abrazó y la pareja se veía que eran muy felices. Tamara lleva a su esposo a sentarse y mirándolo a los ojos y pausadamente le dice, tengo una buena noticia que darte. Michael la ve sorprendido y le pregunta, a ver... a ver... cuál es esa buena noticia. A ver, espérate... tal vez te pueda adivinar. Tamara le dice a Michael, adelante señor adivinador, adivine. Y Michael dice Mmmmm... ¿que llegó una carta de tus padres? Tamara sonriendo le dice no, no señor adivinador se equivocó. El esposo la toma en sus brazos y le dice a Tamara, ¿qué otra cosa podría ser si tú no tienes ningún familiar ni a nadie más, excepto a mí y a mi padre? Espera, espera, eso quiere decir que... ¡No! Espera. ¿Eso quiere decir qué estás... estás ... embarazada y vas a tener un bebé? Tamara mueve su cabeza para arriba y para abajo, queriendo decir sí. Michael dice, ¿vas a tener un bebé? los dos se abrazaron y se besaron felizmente. Michael le dice a su esposa, amor me haces tan feliz, de ahora en adelante tienes que cuidarte mucho para que nuestro bebé nazca saludable. Pasaron seis meses sin novedad, la vida parecía normal. La pareja muy feliz junto, siempre junto al padre de Michael. Vincent, le hace un comentario a su hijo Michael. Hijo, quería decirte que voy a tener que buscar un lugar para vivir yo solo, la familia está creciendo y no cabremos aquí todos. Pronto tu esposa y tu hijo se quedarán en la casa para que así estén reunidos en familia como debe de ser, van a tener un bebé y pronto necesitarán el cuarto donde yo duermo. Vincent le responde a su padre, no, no, tú permanecerás en tu cuarto, quédate con nosotros aquí cabremos todos. Tamara se acerca a los dos hombres y le dice a su suegro: Cómo dice mi esposo hay suficiente espacio para todos nosotros, además cuando nazca el bebé dormirá en nuestro cuarto porque voy a amamantarlo y lo debo tener cerca de nosotros. Vincent le responde a Tamara, bien está bien, permaneceré unos meses más con ustedes hasta que el bebé esté más grande y Vincent se retira a su cuarto. Él agarra una chamarra y al salir dice, voy a caminar un poco afuera, voy a saludar a un amigo qué hace mucho tiempo no lo he saludado. regreso pronto. Vincent sale de la casa y desaparece por las calles. Más tarde el matrimonio está descansando en su cuarto. Cuando Vincent regresa cargado de regalos y le dice a Tamara. ¡¡¡Mira Tamara!!! lo que he comprado a mi futuro nieto. Lo cual Tamara le preguntó a su suegro, ¿qué es todo esto? ¡¡¡no tenía que haber hecho esto!!! Pero muchas gracias, eres muy dulce. Tamara parece muy contenta por los regalos que su suegro le ha obsequiado, le da un beso a su suegro en la mejilla y regresa al cuarto donde su esposo descansa y le enseña a Michael. Este ve muchos regalos y se molesta, se levanta de la cama, va a hablar con su padre y le dice: esos regalos que le has dado a mi esposa son muy bonitos, pero ¿de dónde sacaste dinero para comprarlos? lo cual el padre le contesta, bueno... tú verás... yo tengo mis ahorros desde hace mucho tiempo, así que pensé que este es el momento de gastar un poco, haciéndole unas compras a mi nietecito. También quiero que sepas que yo pagaré los gastos del hospital cuando nazca tu niño y no me digas que no aceptas porque en realidad quiero hacer algo por mi nieto. Michael responde a su padre, vamos papá, ¿de dónde sacaste el dinero para pagar esto? además para entonces yo habría ahorrado algún dinero para solventar los gastos del parto. Vincent contesta ya te dije que tengo un dinero ahorrado y Michael le dice a su papá, bueno papá, ya lo hablaremos mañana, por ahora vamos a descansar, que pase una buena noche. Cayó la noche y todos estaban durmiendo. Poco después de medianoche, cuando todos dormían, alguien tocaba la puerta de su casa fuertemente. Eran los soldados Nazis, tocaban tan fuerte que parecía que tiraban la puerta. ¡Abran la puerta! gritaban los soldados Nazis, ¡vamos, abran la puerta ahora mismo y dense prisa! ¡abran está puerta o la derribaremos! gritaban los Nazis. Michael, Tamara y Vincent despertaron de inmediato. Vincent sabía de lo que se trataba, más Michael y Tamara no se daban idea de lo que se trataba. Michael preguntaba a Tamara. ¿Qué pasa? ¿qué es esto? algo malo está pasando aquí, Tamara le dice a Michael, no sé qué pasa, pero tengo mucho miedo. Michael le dice a Tamara: cariño, todo estará bien, cálmate. ¡No hemos hecho nada malo! así que no hay porqué alarmarse, voy a ir a abrir la puerta para averiguar quién está tocando. Sólo de esta manera lo sabremos, ya regreso. Tamara lo abraza y le dice a Michael, ¡¡no!! ¡no vayas por favor! déjalos que se cansen de tocar, si no contestamos la puerta ellos se irán. Pero los soldados Nazis seguían tocando fuertemente y decían, ¡vamos abran la puerta, si no la abren ahora mismo la derribaremos! Michael le decía a su esposa, cariño tengo que abrir la puerta ahora mismo. Michael se dirigió abrir la puerta, Tamara se incorporó de la cama y permanecía detrás de la puerta escondida. En cuanto Michael abre la puerta, los soldados le preguntan, ¿eres tú Vincent Milok? Michael responde: no, yo soy Michael... y Vincent es mi padre. El soldado a cargo le pregunta, Michael, ¿dónde está tu padre? Michael responde, mi padre está en su cuarto, él está... Los soldados Nazis no prestaron más atención a lo que Michael decía y se dirigieron al cuarto donde estaba su papá. Forzando la puerta entraron y en cuanto lo vieron, dos soldados Nazis lo arrestaron uno de cada lado, ni siquiera dándole oportunidad a que se vistiera, lo forzaron a salir, casi lo arrastraron. Michael les gritaba ¡esperen, esperen debe de ser un error, ustedes están cometiendo un gran error! Tamara también les gritaba y les decía ¡por favor paren, él es una persona buena! ¡no ha cometido ningún delito para que sea arrestado de esta manera! ¡esperen, están cometiendo un gran error! Los Nazis no prestaron atención a lo que Michael y Tamara decían y se llevaron arrestado a Vincent. Tamara pregunta a Michael su esposo: ¿Dime qué está pasando? ¡yo no entiendo nada de lo que está pasando! ¿por qué los Nazis se llevaron a tu papá? Y Michael responde a su esposa, cariño ni yo entiendo qué es lo que está pasando, ahora mismo voy a averiguar qué es lo que pasa, por qué han arrestado a mi papá. Tamara temerosa aún, le dice a Michael: No, no vas a ir a ningún lado, por favor, tengo miedo de quedarme sola, no te dejaré ir. Tamara sujeta a su esposo muy fuerte para que este no la deje sola. Tamara le dice a Michael, tengo mucho miedo por favor quédate conmigo, mañana podrías ir a preguntar qué pasa. Michael abraza a su esposa fuertemente por un rato para calmarla y la lleva silenciosamente a descansar. La siguiente mañana muy temprano, antes de que el sol saliera, Michael se levantó y le dice a su esposa: Cariño regreso temprano voy a ver a mi papá y no quiero que te preocupes, verás que todo fue un error y traeré a mi padre de regreso. Se despidieron con un beso y Michael salió directamente al cuartel de los Nazis. Una vez que se adentró al edificio Nazi, comienza a preguntar acerca de su padre y decía: Disculpe, estoy buscando a mi padre, quién fue arrestado anoche injustamente y fue traído aquí. Los guardias le contestan fríamente: nosotros no sabemos nada, ni podemos darte ninguna información de nadie. Michael insiste y se atreve a preguntar una vez más, por favor, solo quiero saber cómo está y de qué es de lo que se le acusa. El guardia enojado, de mala gana le dice a Michael, ya te dije que no sé nada, aquí nadie te dará ninguna información acerca de tu padre ¡ahora lárgate, pero ya lárgate de aquí! Michael muy triste se da la vuelta y se aleja de regreso a casa con las manos vacías. Tamara lo espera impaciente y de lejos lo ve venir cabizbajo y muy triste. Entonces, ella se dio cuenta que las cosas no andaban bien, y cuando Michael estaba frente a ella le pregunta, ¿no lo encontraste verdad? Tristemente, Michael dice no, nadie me da razón de él, nadie dice saber nada, nadie quiso darme información de él. No puedo creerlo. Tamara abrazó a su esposo tratando de consolarlo, los dos estaban muy tristes y no sé atrevían a hacer comentario alguno. El siguiente día muy de temprano, un carro de los Nazis paraba frente a la casa de Michael. Michael despierta, se asoma por la ventana de la casa y uno de los soldados Nazis bajó del carro, se dirigió a la puerta y tocó. Michael despertó a su esposa y le susurro al oído: cariño, aquí están otra vez, seguro que traen de regreso a mi padre. Tamara, temerosa que les hicieran algo malo, le dijo a su esposo: ¡¡amor no vayas por favor!! ¡¡por favor no vayas a abrir!! y Michael responde, no te preocupes, ellos traen noticias de mi padre seguramente. Michael fue abrir la puerta esperando tener buenas noticias de su padre y uno de los Nazis le hace entrega de una nota. En cuanto el Nazi se va, Michael lee la nota y hace gestos de dolor y deja caer al piso la nota. Tamara viendo todo el dolor de su esposo, corre a la puerta para abrazar a su esposo porque sabía que había recibido malas noticias. Lentamente recogió el papel que su esposo dejó caer al piso y leyó la nota que decía así: "Venir a recoger a su padre al cuartel Nazi". Tamara le dijo a su esposo, déjame ir contigo. La pareja ha salido junta de la casa y se dirigen al cuartel general Nazi. una vez que están dentro del cuartel, Michael le enseña la nota a uno de los guardias y le dice: Me dicen que recoja a mi padre, y el guardia pregunta: ¿Y quién es tu padre? Michael contesta: Vincent Milok. El guardia instruye a Michael cómo encontrar la oficina del comandante y la pareja se dirige a la oficina del comandante. Michael toca la puerta y el comandante abre. Michael le dice al comandante, he recibido una nota para recoger a mi padre. El comandante dice: ¿es tu padre Vincent Milok? Michael le responde: efectivamente, él es mi padre. El comandante llevó a la pareja dentro de un cuarto. Michael y su esposa quedaron horrorizados por lo que estaban viendo, era el cadáver de Vincent su padre, estaba muerto y mutilado, Michael le dice al comandante: ¡¡¡Qué has hecho con mi padre!!! Tamara abraza a su esposo y Michael dice al comandante: ¿por qué? ¿por qué?

Michael abrazaba a su padre y lloraba junto a su esposa. El comandante dejó el cuarto y se alejó sin decir una palabra. La pareja lloraba, abrazados. Tiempo después, la vida para la pareja siguió, pero con mucha tristeza en sus rostros. Un día Tamara comenta: Michael, amor, he estado pensando detenidamente, y te quiero preguntar: ¿Sería posible mudarnos a otro lugar?, lejos de aquí, ¿tal vez a Suiza con mis padres? Creo que nos haríamos un bien, a mí en lo personal me gustaría mucho, ¿tú qué dices amor? y Michael le contesta: me encantaría llevar a cabo tu idea, sí claro que sí, pero por el momento no sería inteligente hacer un viaje largo debido a tu estado, porque un viaje largo no es muy conveniente. Yo sí deseo cambiarme de este lugar, especialmente por lo que le hicieron a mi padre, pero esperemos que el bebé nazca. Tamara se quedó pensando por un rato y luego contesta: sí, creo que tienes mucha razón, esperemos a que nazca nuestro bebé, yo no me siento tranquila por lo que paso con tu padre, me atormenta, no quiero que te alejes de mí ni por un momento. Los dos se abrazan amorosamente. Tiempo después, Tamara le decía a su esposo, voy a ir a limpiar el cuarto que era de tu papá, no lo he limpiado desde que él falleció, ¿quieres ayudarme? De esa manera, Tamara se lleva a su esposo a que le ayude a limpiar el cuarto de su padre. Revisando la ropa Tamara dice: Mira esta camisa y este pantalón es justamente lo que tu papá usaba cuando fue arrestado, están en el mismo lugar que las dejó. Michael se acercó a su esposa, tomó la camisa de su padre y lentamente se la llevó a sus labios para besarla suavemente. Tamara sigue arreglando y doblando el resto de la ropa de su suegro. Michael ayudando a su esposa, toma la chamarra de su padre y en ese momento sintió algo pesado dentro de la chamarra de su padre, metió su mano a las bolsas y saca una bolsa con un contenido. Michael llama a su esposa y le dice: ¡¡¡Mira lo que mi padre traía en ese bolsillo!!! Tamara se acerca para ver el contenido y Michael empieza a sacar lo que contiene la bolsa, y muy admirado dice: ¡¡¡mira ese dinero!!! ¡¡¡mucho dinero!!!, ni siquiera tenía trabajo, cómo pudo haber conseguido tanto dinero. Tamara dice, no sé, no tengo idea de la procedencia de tanto dinero. La pareja estaba muy sorprendida de todo lo que veían. Michael preguntó a su esposa: ¿Tú crees que todo este dinero está relacionado con la muerte de mi padre?, me pregunto por qué él nunca mencionó nada de esto. ¿Tú crees qué mi padre robó ese dinero? Tamara responde a su esposo: no creo, tu padre no era esa clase de persona. Tamara abraza a su esposo y le dice: amor tengo miedo, mucho miedo, es que no alcanzo a entender porque de repente se llevan detenido a tu padre y luego lo matan, y luego todo este dinero y ¿ahora qué sigue? Michael se lleva sus manos a la cara y se pone a pensar, se ve muy preocupado y dice: no hay razón de tener miedo ni preocupación, esto podría afectar tu salud y no sería muy saludable para ti ni para el bebé, así que olvidemos todo, que la vida sigue igual, si nos preocupamos, no remediamos nada, ¿de acuerdo? Michael le da todo el dinero a su esposa para que lo guarde, la lleva al comedor. En ese momento Tamara deja todo el dinero sobre la mesa del comedor y le dice a su esposo: ¿amor quieres una taza de café o té? Michael responde no cariño gracias, mejor vámonos a descansar, hoy ha sido un día muy difícil para los dos. Una vez ya los dos en la cama, se dieron un beso de buenas noches, pero Michael no podía conciliar el sueño, se encontraba en un estado de inquietud, no podía cerrar los ojos y muy pensativo por todo lo que sucedía. Tamara dormía y en este preciso momento un carro paraba frente a casa de ellos, era un carro de Nazis. Se oyó que salieron del carro y se dirigieron a tocar a la puerta. Tamara despertó, Michael ya estaba despierto, los dos se miraron mutuamente muy espantados, pensando que algo malo les iba a pasar. Y Tamara le dice a Michael, ¿oíste eso? Michael responde, si lo escuché, ¿quién podrá ser a esta hora? Su esposa le dice: no sé, pero lo que sea no vayas a abrir la puerta, déjalos que toquen y cuando ellos se den cuenta que nadie abre, entonces ellos se irán. Pero no fue así, los Nazis eran insistentes y seguían tocando a su puerta y lo hacían en una forma muy fuerte. Michael le dice a Tamara: voy a ir a abrir la puerta, puede ser algo importante. Tamara le decía a Michael: ¡¡no!! ¡¡Michael no vayas por favor!! Mientras tanto, los Nazis tocaban cada vez más fuerte a la puerta. Michael dice a Tamara: amor tengo que ir a abrir, mira, escúchame, tú no te preocupes y espérame aquí, todo va a estar bien, nada me pasara, ¿me oíste? Los soldados insistían en que se abriera la puerta y la golpeaban seguidamente. Finalmente, Michael se levantó de la cama y fue abrir la puerta. En su camino, vio el dinero que Tamara, su esposa, había dejado sobre la mesa. Lo agarró y se regresó a dárselo a su esposa para que ella lo escondiera debajo de su vestido. Michael regresó a abrir la puerta y los Nazis entraron a la casa. Comenzaron a buscar algo tirando todas las cosas por todos lados, buscaban algo de interés, pero después de haber hecho mucho desastre por toda la casa, encontraron nada de lo que buscaban. Tamara y Michael permanecían abrazados, nada más viendo todos los destrozos que los Nazis hacían, todas las cosas en el piso y toda la destrucción que hacían. El soldado encargado de los Nazis fue notificado que no habían encontrado nada de lo que buscaban. El soldado a cargo le dice a Michael: tú tienes que acompañarnos ahora mismo. Tamara, inmediatamente se interpone en medio de los dos y dice ¡¡¡No!!! ¡deja a mi esposo en paz, él no ha hecho nada malo a nadie! ¿sobre qué cargos te lo quieres llevar? ¿Dime por qué? y les gritaba y les decía: ¡mira, aquí tengo mucho dinero, todo es tuyo, tómalo! pero deja a mi esposo en paz, no te lo lleves por favor. El soldado Nazi ignoraba lo que Tamara le decía y se llevaron a Michael casi arrastrando. Tamara los alcanzo y se interpuso frente de ellos para tratar de pararlos, se hinco y les imploro a los Nazis que no se lo llevaran, pero los Nazis la ignoraban. Tamara abrazando a su esposo, lloraba, pero su esfuerzo era inútil, quería evitar que se llevaran a su esposo. Aunque ella se iba colgando del cuello de su marido, los soldados Nazis la empujaron para que liberara a su marido. Finalmente se llevaron a Michael y a Tamara la dejaron tendida en el piso llorando e implorando con sus manos hacia arriba, abiertas. Se oye a lo lejos una débil voz, era Michael, dirigiéndola a su esposa y le decía: Tamara te amo y siempre lo haré. Tamara de rodillas, mirando como su esposo era llevado, detenido por los soldados Nazis, con voz muy apagada Tamara le dice a su esposo: Te amo yo también y siempre te amaré. Los Nazis se llevan a Michael y Tamara permanece en el piso llorando por largo rato. Después, pasado un largo tiempo, Tamara se mete a su casa tristemente y se la pasa tirada en el sofá hasta el amanecer. Se quedó dormida en el sofá, vencida por el cansancio. Al siguiente día, muy temprano antes que el sol saliera, un carro se paraba en frente de su casa. En cuanto Tamara lo escuchó, se incorporó inmediatamente, se asomó a la ventana y vio a dos soldados Nazis acercándose a su casa. Ella corrió a esconderse detrás del sofá, guardó silencio y escucho que los Nazis tiraban un bulto fuera de la casa. Se asomó lentamente por la ventana y habían dejado el bulto cerca de la puerta. Por el momento, Tamara no quiso investigar qué era el bulto, guardó silencio y no quería moverse por miedo. Finalmente, cuando los Nazis se alejaron, Tamara se puso de pie lentamente, se asomó por la ventana y no había nadie, comenzó a caminar lentamente, se dirigió a la puerta, la cual abrió muy despacio para averiguar qué contenía el bulto, y cuando llegó al bulto vio su contenido y soltó un fuerte alarido: ¡¡¡Nooo!!!

¡¡¡Nooo!!! ¡¡¡Nooo!!! ¡¡¡Nooo!!! Michael... mi querido esposo... ¡no puede ser!... ¿Qué te han hecho? ¡¡¡nooo!!! ¡¡¡nooo!!! ¡¡¡nooo!!! ¡¡¡esto no puede ser verdad!!! Dios mío, ¡¡¡esto no puede estar pasando!!! Alguien dígame qué es esto no es verdad, no puede ser verdad... ¡Dios mío ayúdame! Tamara pasaría mucho tiempo arrodillada, abrazando el cadáver de su amado esposo... Así transcurrió el tiempo y Tamara no hablaba con nadie. Cayó enferma en la cama, el sacerdote de la localidad la va a visitar y él trata de consolarla, pero Tamara está inconsolable, casi no habla con nadie ni se alimenta.

El sacerdote le dice: Oh pobre hija mía, ¿qué han hecho estas personas contigo? son más que bestias. En realidad, a esta clase de soldados les lavan el cerebro y los hacen que sigan órdenes a cualquier costo, son como unos robots, les ordenan y estos soldados, lo ejecutan sin importar lo que pase. Ellos no están al cien por ciento de su capacidad mental y lo llevan a cabo a cualquier costo. Tamara, tienes que saber perdonar, ¿recuerdas que Jesucristo cuando lo estaban crucificando en el calvario, le pidió a Dios su padre que los perdonara porque ellos no sabían lo que hacían? Si los soldados Romanos supieran que estaban matando al hijo de Dios, ni siquiera se hubieran atrevieron a tocarlo. Es la misma cosa aquí contigo, si supieran que están lastimando a gente inocente, no se atreverían a lastimarte. Tamara acuérdate que Dios dice, si estás conmigo, a quién le tendrás miedo, y todo aquel que se refugia en el más poderoso, descansará en las sombras del todopoderoso. Tamara le dice al sacerdote: esas son hermosas palabras, pero cuando algo así te pasa a ti mismo es difícil aplicarlas. Aunque eso sería lo mejor por hacer para tratar de sobrevivir. Antes de que usted me viniera a visitar, pensaba que ya estaba yo terminada por todo lo que me ha pasado y que no me podría pasar algo peor que esto, ya no quería vivir más, no quería continuar más con este tipo de vida, pero al escucharlo con esas palabras sabias, me levanto el ánimo. El sacerdote le responde a Tamara: me alegro mucho que pienses de esa manera, hazlo por tu futuro bebé, verás que él te llenará tu vida de alegría y gozo cuando él venga este mundo porque ya has sufrido demasiado. Jesucristo te dice benditos serán todos esos que sufren porque el reino de Dios es de ellos. Tamara, nuestras vidas es una jornada larga, tenemos que ser inteligentes para saber qué camino seguiremos, y nada más hay dos caminos: el bueno y el malo, tenemos que tratar de ser lo mejor que podamos y aprender a cargar nuestra cruz. Ponernos en las manos del todopoderoso, lo que él nos tenga destinado lo tenemos que aceptar, su santa voluntad. Desde ahora en adelante, tienes que concentrarte en cuidarte a ti y al bebé, es por tu bien y para el bien de él. Tamara movió su cabeza para arriba y para abajo queriendo decir: sí, está bien. Tamara le dice al sacerdote: sí padre, me cuidaré ahora quiero vivir, quiero vivir para mi bebé, le prometo que sí me cuidaré. El sacerdote le dice a

Tamara: ven a la iglesia para que hables al Señor todopoderoso, háblale como si él fuera tu mejor amigo, con sinceridad él te sabrá entender, él te ama, cuéntale tus tristezas, tus alegrías y verás que te sentirás mucho mejor. Ahora me tendré que ir, pero te vendré a visitar más seguido y tú alégrate un poco, recuerda que Dios te ama. Tiempo después llegó el momento para que Tamara diera a luz a su bebé, es llevada al hospital donde nacerá su bebé. El doctor que la atiende lo hace de la forma normal, sin algún contratiempo, y el recién nacido es un varón. Cuando Tamara mira a su bebé por primera vez, una sonrisa se dibuja en su rostro, lo besó tiernamente. El doctor le dice a Tamara: felicidades ya eres mamá y tu bebé se encuentran en excelentes condiciones, quiero que permanezca en el hospital por un par de días como rutina, para ver la evolución del bebé y estarlo checando, aunque todo parece estar muy normal. Tamara contesta: sí doctor y muchas gracias por sus cuidados. Tamara amamanta a su bebé y lo mantiene muy junto a ella todo el tiempo, lo cual la hace sentir muy feliz. Al día siguiente, el sacerdote se aparece por el hospital y de pronto Tamara le dice: padre, fue un niño, y está muy hermoso. Si tan solo su padre lo hubiera podido ver estaría muy orgulloso y feliz. El sacerdote dice a Tamara: el bebé es tan frágil y delicado, déjame cargarlo. El sacerdote levanta al bebé y dice parece que le voy a romper sus huesitos, está tan delicado, tú cárgalo mejor porque me da miedo de que se me vaya a caer al piso. Ahora, ten en tu mente que cada que veas a tu hijo, verás a tu esposo, él vive dentro de tu hijo, ahora tienes alguien por quién vivir, alguien a quién cuidar, alguien de qué preocuparte. Tamara responde al sacerdote: padre quiero confiarle algo, cuando mi esposo vivía, habíamos llegado a un común acuerdo de que en cuanto él bebe naciera nos mudaremos de este lugar, no quiero que mi hijo se críe en este lugar, no quiero que mi hijo este en este ambiente, este sistema está podrido, es corrupto, peligroso, inseguro y sobre todo hay mucha injusticia con la gente inocente, que, sin cometer una falta, son castigados por ninguna razón. Además, está plagado de muchas malas memorias. Me gustaría reunirme con mis padres en Suiza, sus abuelos amarían mucho a su nieto, estoy segura de ello. No los he visto desde hace mucho tiempo, mi esposo estaba de acuerdo que nos reuniéramos con ellos, solo esperaríamos a que el bebé naciera. Como usted ve, no queda aquí nada para mí ni para el bebé. El sacerdote le dice a Tamara: sí hija, yo entiendo muy bien tu situación de sufrimiento y lo que has pasado, yo pienso que también sería lo mejor para ustedes dos, estar con tus padres así comenzarás una nueva vida, un nuevo comienzo para ambos. Si hay algo en lo que te pueda ayudar, házmelo saber que estaré más que feliz en ayudarte de alguna u otra manera. Pídele a Dios que te ayude a sanar todas tus heridas, tu pasado. Te deseo un nuevo comienzo con tu bebé. Por cierto, ¿para cuándo piensas irte con tus padres? tendrías que esperarte unos meses antes de tu partida. Tamara le pregunta al sacerdote: ¿por qué dice eso?, el sacerdote contesta: porque pienso que tú bebé necesita hacerse un poco más fuerte, tal vez en tres meses más, porque pienso que es peligroso llevar a tu bebé a un viaje tan largo. Tamara no muy contenta mueve su cabeza queriendo decir que sí, y le responde al sacerdote: sí padre, usted tiene razón, aunque no esté del todo feliz por esta demora, pero usted tiene razón en lo que propone. Por lo tanto, me dedicaré a preparar lo que se necesita para este viaje, y estaré esperando ese momento con mucha impaciencia. El sacerdote le dice a Tamara: muy bien, por ahora todo marcha muy bien, tengo que irme ahora, tengo compromisos, pero regreso mañana para saludarlos. El tiempo pasa rápidamente, sin incidentes, todo normal. Tamara jugando con su bebé, sabe que su hijo es el sentido de su vida. Pasan los días maravillosamente con su hijo, le platica cosas y le dice: hijo, un día de estos, te llevaré a la iglesia, porque como tú verás tendrás que ser bautizado, y adivina ¿cuál será tu nombre?... serás llamado como tu padre, te llamarás Michael, justamente igual que tu padre. Tamara abrazó y besó muchas veces a su bebé. Con el tiempo, Tamara va muy seguido a la iglesia, porque yendo la hace sentir mucho mejor. Pocos días después, Tamara lleva a su hijo a la iglesia con la intención de que sea bautizado como Michael. Tamara habla con el sacerdote y le dice: padre, estoy aquí con mi bebé porque me gustaría que fuese bautizado. A lo cual el sacerdote le dice: muy bien, estoy muy feliz que quieras que tu bebé sea bautizado porque ya se está haciendo muy grande. ¿Cuál es la edad de tu bebé? Tamara al sacerdote le dice: ya tiene dos meses y veinticinco días, casi los tres meses, y pronto nos iremos de aquí.

El sacerdote dice: hija, ¿ya le has escogido un nombre a tu hijo? Tamara dice sí padre, ya tengo escogido su nombre, se llamará Michael. Así será justamente igual que su padre, en realidad me gusta mucho ese nombre. El sacerdote hace los preparativos para llevar a cabo el ritual del bautismo del bebé Michael y le dice a Tamara: muy bien, comencemos. Y le pregunta: Tú Tamara Milok, ¿qué es lo que pides para tu hijo? Tamara responde, que sea bautizado. El sacerdote dice: Michael, yo te bautizo en el nombre del Padre, del Hijo y del Espíritu Santo, amén. Michael oficialmente has sido bautizado y tienes tu nombre, y lo mejor de todo es que ya perteneces al gran ejército del señor Jesucristo. Tamara le dice al sacerdote: gracias padre, mi vida pudo haber sido otra sin sus consejos, de verdad, muchas gracias por todo lo que ha hecho por nosotros. Hay algo que tengo que decirle: después de la muerte de mi suegro, mi esposo y yo encontramos este dinero en la chamarra de mi suegro y nunca supimos la procedencia de este dinero, nunca supimos cómo lo obtuvo y después llegamos a la conclusión de que ese dinero está relacionado con su muerte. Quisiera que usted me lo guarde, mi hijo y yo lo vamos a necesitar cuando nos vayamos de aquí. Tamara le dio el dinero al sacerdote y el sacerdote le dijo a Tamara: está bien, te guardaré este dinero, y en cuanto lo necesites solamente pídemelo. ¿Cuáles son tus planes para el futuro? ¿Cuándo te irás a reunirte con tus padres? Tamara le dice al sacerdote: en cinco días más, la gente que nos va a llevar, estarán listos en cinco días más. El sacerdote le dice a Tamara: qué bien, sigue tus planes adelante, voy a impartirles la bendición. Yo te bendigo en el nombre del Padre, del Hijo y del espíritu santo, amén. Ahora ya se pueden ir con Dios. Cuando llegues con tus padres, avísame, quiero saber que llegaron con bien. Tamara se regresa a su casa, y en camino, a la distancia, vio que un carro de los Nazis llegaba y se paraba frente a ella. Inmediatamente y muy deprisa, se regresó a la iglesia. Uno de los soldados Nazis, se percató del movimiento sospechoso que Tamara había hecho, y fue como la siguieron. Una vez Tamara en la iglesia, entra gritando al sacerdote, y el sacerdote alarmado, fue en busca de Tamara. Cuando se encontraban frente a frente, el sacerdote le pregunta alarmado: ¿hija qué pasa? ¿por qué gritas de esa forma? dime qué te pasa. Tamara le dice al sacerdote: los Nazis...

los Nazis... ¡¡¡están aquí y vienen por mí!!! El sacerdote dice: Oh Dios mío, ven conmigo, apresúrate, tienes que esconderte. El sacerdote abrió una pequeña puerta dónde guarda sus sotanas y le dice a Tamara: vamos métete aquí tú y el bebé, no es lo suficiente grande pero no nos queda mucho tiempo para buscar más donde esconderte, Métete tienes que esconderte. Tamara y el bebé se metieron al clóset muy pequeño, el sacerdote cierra las puertas, y en ese instante los Nazis llegaban a la iglesia. El Nazi que estaba a cargo de los otros soldados les decía, vamos bajen todos y dispérsense por todos lados, encontremos a la mujer con el bebé y busquen por todas partes, vamos, no pierdan el tiempo. Los soldados Nazis se dispersaron por toda la iglesia y buscaron por todos lados, el Nazi a cargo de todos los soldados, permanecía frente al sacerdote. Y no muy lejos de donde estaban parados a pocos pasos de ellos, se encontraba escondida Tamara y el bebé. El Nazi a cargo le dice al sacerdote: ¿dónde está la mujer con el bebé? quiero que me digas, ¿dónde la tienes escondida? el sacerdote le dice al Nazi: ¿de qué hablas? aquí no hay ninguna mujer. El soldado Nazi le dice al sacerdote: está bien, no tienes que decirme dónde la tienes escondida, mis soldados la encontrarán. El Nazi y el sacerdote estaban justamente a unos pasos dónde Tamara y el bebé se encontraban escondidos. El tiempo pasaba muy lentamente y los soldados que buscaban a Tamara, después de un tiempo regresan con las manos vacías sin encontrar a nadie. En ese instante, Tamara se sentía desesperada porque el bebé quería llorar. Tamara tuvo que taparle la boca con sus manos para que el bebé no hiciera ruido. Finalmente, el soldado Nazi a cargo ordenó a los demás: ¡vámonos, la encontraremos tarde o temprano! Pero Tamara aún le cubría la boca al bebé y tenía mucho miedo que pudiera sofocarlo. Así que Tamara aflojó tantito su mano de la boca del bebé y se escuchó un ligero gemido, el cual parece que fue escuchado por el último de los soldados que iban rumbo afuera de la iglesia. Pero este no estaba seguro de lo que había escuchado, así que dejó que los soldados salieran de la iglesia y él se escondió tras la puerta sin ser visto. El sacerdote caminaba nerviosamente y cuando pensó que los soldados Nazis habían salido, abrió la puerta dónde Tamara y el bebé se encontraban escondidos y los ayudó a salir del clóset. El sacerdote a Tamara le dice: salgan, ya pueden salir, los soldados se han ido. El sacerdote les ayuda a salir silenciosamente y en ese preciso momento el soldado Nazi que se había escondido detrás de la puerta salió y los sorprendió en el acto. Sacando su pistola, apuntándoles, le dijo a Tamara: sabía que estabas aquí escondida, solo esperaba que salieras. El soldado agarró su silbato para hacerlo sonar y llamar a el resto, pero el sacerdote lo paró y le dice implorándole: por favor, espera, por favor, no lo hagas te lo suplico por el amor de Dios, no los entregues, esta mujer no ha hecho nada malo, ella es inocente. El sacerdote se puso de rodillas implorándole que no la entregara. El sacerdote le decía al soldado: ¡no lo hagas! ¡mira vamos a hacer algo!... Mientras tanto, Tamara no se movía para nada, con los ojos muy abiertos veía al soldado con la pistola apuntando. El soldado Nazi, llego a un punto de verse muy desorientado, confundido y se movía de un lado a otro sin saber exactamente lo que quería hacer. Como último recurso, el sacerdote sacó todo el dinero que Tamara la había entregado, entonces el sacerdote se lo enseño al soldado y le dijo: ¡¡¡¡mira!!! ¡es todo tuyo, es mucho dinero! ¡vamos, tómalo y vete! ¡Los demás soldados, nunca más sabrán qué pasó aquí, toma el dinero, pero déjala ir, anda, tómalo y vete! Por un momento el soldado pausó y se vio tentado a agarrar el dinero, miraba alrededor que nadie le estuviera viendo. Y muy nervioso, el sacerdote le dice al soldado: anda vamos, pon la pistola abajo, toma el dinero y vete, como dije antes, nadie sabrá de esto jamás. El soldado Nazi caminó lentamente hacia el sacerdote, este le tendió la mano con el dinero y parecía que en ese momento el soldado tomaría el dinero. El sacerdote le dice: anda hijo, aquí está el dinero, es todo tuyo, ven, tómalo. El soldado Nazi dice al sacerdote:

¡¡¡No!!! ¡¡¡no!!! ¡¡¡no!!! y este comenzó a sonar su silbato muchas veces. Como resultado, el resto de los soldados Nazis aparecieron en segundos. Tamara agarrada fuertemente de su bebé llora inconsolablemente. El Nazi a cargo, ordena la detención de Tamara y dos de sus soldados, uno de cada lado, la sujetan. Y ella cargando a su bebé, sabe que no tiene escapatoria, nada más protege a su bebé y llorando no deja de verlo. Les dice a los soldados gritándoles: ¡Suéltenme! Por un par de minutos, el Nazi encargado de los demás, les ordena que la suelten. Tamara, mira a su bebé como si jamás lo volviera a ver, ella sabe que todo lo que haga para tratar de escapa será inútil. Mirando silenciosamente al sacerdote, él mira la triste escena, está horrorizado por lo que está pasando. Tamara en voz baja y suave, con lágrimas en sus ojos le dice a su bebé... adiós hijito mío... que Dios me permita volver a verte, lucharé y viviré, porque pase lo que pase, algún día te volveré a ver, viviré por ti, viviré con la esperanza de que algún día nos volvamos a reunir, te amo... te amo... te amo. Tamara abrazo a su bebé muy fuertemente y lo besó muchas veces y mirando a su bebé lentamente se lo entregó al sacerdote diciéndole: padre cuide a mi bebé, llévelo con sus abuelos. El sacerdote le dice a Tamara: te lo prometo hija, tú ten fe, volverás pronto, porque tú eres inocente, tú no has lastimado a nadie, ten fe en Dios. Y el soldado a cargo dice a sus soldados: ¡vamos, ya es tiempo! ¡arréstenla! ¡vámonos! Entre dos Nazis la agarraron y se la llevaron, y ella volteando la cabeza para ver a su hijo que sostenía el sacerdote, desviando su cabeza para atrás para ver los últimos segundos a su hijo, hasta que los perdió de vista. Tamara es llevada por los Nazis al cuartel general. Una vez dentro de la oficina, el comandante ya la estaba esperando. El comandante le dice a Tamara: quiero tu completa cooperación, sí así es, te aseguro que hoy mismo estarás libre, pero todo va a depender de ti, si cooperas, verás a tu bebé pronto. Quiero que contestes mis preguntas correctamente, ¿me entiendes? Tamara movió la cabeza de arriba para abajo queriendo decir que sí. El comandante de mal genio le dice: ¡¡no te escuché!! ¡háblame! Tamara le dice al comandante: ¡sí! El comandante le dice a Tamara: así está mejor, ahora dime tu nombre completo. Y ella dice: Tamara Milok. El comandante le pregunta a Tamara: ¿cuál es tu profesión? Ella contesta: ama de casa. El comandante a Tamara: ¿nombre de tu padre? Ella dice, Mateo Carota. Él pregunta, ¿la profesión de tu padre? Tamara responde: campesino. Él pregunta: ¿el nombre de tu madre? Eleonora. El comandante: ¿profesión de tu madre? ama de casa. El comandante pregunta a Tamara: tu suegro, ¿cuál es su nombre verdadero? Tamara responde: Vincent Milok. El comandante: ¿qué idiomas hablaba? Tamara dice: alemán e inglés. Pregunta a Tamara: ¿cuál era su profesión? Tamara responde: ninguna tenía que yo supiera. El comandante cuestiona a Tamara: ¿qué quieres decir con ninguna profesión? ¿qué es lo que él hacía para vivir? Tamara dice: Michael, mi esposo, lo mantenía financieramente. El comandante dice a Tamara: quiero que prestes atención a esta pregunta y quiero que me la respondas correctamente, ¿entendido? Como tus verás, tu suegro robó de nuestro cuartel general documentos oficiales del partido Nazi, ¿sabes tú dónde están esos papeles? Tamara pregunta: ¿usted quiere decir que mi suegro y mi esposo murieron por esos documentos que usted no encuentra? El comandante contesta: ¡¡¡así es!!! ¡¡¡Así que tú sabías de esos documentos!!! Solamente devuélvelos y quedarás en libertad, podrás irte con tu hijo ahora mismo. Tu hijo te espera, solo entrégame esos papeles que fueron sustraídos ilegalmente por tu suegro. Para ti no tienen ningún valor, para nosotros sí. Tamara permaneció en silencio, ella estaba en shock porque a lo que ella escuchaba, no podía responder nada, estaba pensando en su esposo, su suegro y en el dinero. Todo estaba relacionado. Tamara dice: así que esto explica todo, mi esposo nunca supo nada de esos papeles, si él lo hubiese sabido me lo hubiese dicho, y por supuesto, yo menos sabía nada de eso, nunca supimos nada lo juro, nunca supimos nada. Su gente busco por toda la casa y por todos lados y jamás encontraron nada, juro que no sé de lo que me habla, créame. Le estoy diciendo la verdad, se lo ruego, se lo suplico, déjeme ir. El comandante se enfureció y golpeó a Tamara en la cara fuertemente, derribándola al piso. El comandante dice a Tamara: escucha señora, si tú no me entregas esos papeles, tendrás la misma suerte que tu suegro y que tu esposo tuvieron, así que tú decides. Tamara permaneció con la boca callada, se daba cuenta del enorme problema en el cual se encontraba, pero su silencio hizo enfurecer más al comandante, y una vez más la golpeó duramente. Le rasgó toda su vestidura, ella luchó defendiéndose y logró librarse del comandante por unos segundos. Tamara le miró y le escupió la cara, él se limpió y muy furioso le dice a Tamara: te arrepentirás por todo esto que me has hecho, nunca volverás a ver a tu hijo en la vida. El comandante, usando de su fuerza, derribó a Tamara al piso y la violó... En cuanto el comandante dejó a Tamara, cuando ella estaba tirada en el piso y se encontró sola, lo primero que hizo, fue cubrir su cuerpo semidesnudo con sus ropas desgarradas. Y con dolor, tirada en el piso llorando.

Cuando los guardias vinieron a recoger a Tamara, no podía caminar por la golpiza que le propinara el comandante, así que los guardias Nazis tuvieron que cargarla y arrastrarla para afuera del cuartel de los Nazis. La subieron a un carro y fue trasladada a un campo de concentración Nazi para vivir el Holocausto. Una vez ella dentro el cuartel, los soldados la tiraron en el piso y Tamara estaba desolada, triste, se sentía muy miserable. Todas las mujeres dentro del centro de concentración Nazi se veían con una presencia muy desagradable. Tenían un aspecto de horror, mal olientes como si nunca se bañaran ni se peinaran, con muy mal aspecto. Tamara se incorpora lentamente con mucha dificultad, mirando todo al derredor y se da cuenta que ésta sería su residencia por quién sabe cuánto tiempo. Ella vivirá en este infierno, sabía que viviría un holocausto. Había mujeres de todas las edades, Tamara las veía como caminaban como zombis, la mirada perdida sin esperanza, sin un por qué para vivir, se sentía y se veía mucho sufrimiento en su rostro, sus ropas, todas desgarradas, gastadas, rotas, sucias, el pelo de las mujeres, en un mal estado, sin peinar, graso. Este maldito holocausto comenzaba a ser real. Tamara se adentró a uno de los bunkers donde se supone que encontraría su dormitorio, buscaba una cama vacía dónde pudiera descansar. Estas camas eran de madera de dos pisos, había camas a los dos lados y un pasillo angosto en medio. Tamara estaba en busca de una cama vacía, pero parece que todas las camas estaban ocupadas. Finalmente, hasta la otra orilla, al final del búnker, pegado al supuesto baño, que era más bien una letrina con mal olor porque no tiene una puerta. El olor era horrible. Pero así, Tamara dobla sus rodillas para recostarse, y tratando de comprender qué es lo que pasa, mira a su alrededor para asegurarse que es real lo que está pasando. Aunque esto le parece una pesadilla, se recuesta y se le queda viendo a todas las mujeres que van a usar la letrina. Ve el desfile de gente miserable y de muy mal aspecto físico. Es sencillamente una escena terrible. Una mujer como de la misma edad de Tamara, se le acerca y le dice: Hola soy Carla, cuando me trajeron aquí por primera vez, sentía justamente lo que tú estás sintiendo ahora mismo, para muchas de nosotras, fue muy difícil unirnos a un holocausto. Hasta acostumbrarnos a esto. Pero con el tiempo te das cuenta que no tienes de donde escoger porque no hay alternativas amiga, ésta será tu casa por quien sabe cuánto tiempo. ¿Todo está muy mal verdad? Como te das cuenta, nuestras condiciones en la que estamos, son deplorables debido a la falta de alimento, algunas de las compañeras no lo soportan y terminan suicidándose, piensan que es la mejor de las soluciones para parar sus sufrimientos y algunas de nosotras no tenemos el suficiente valor de hacerlo. Creo que lo mejor que aquí nos puede pasar es la muerte, tú tienes que ser fuerte y sobreponerte a todo esto, si es que quieres sobrevivir. Seré tu amiga si tú lo quieres, sabes, podríamos hablar e intercambiar ideas, así la vida la llevaremos más llevadera, más fácil. Tamara escuchaba a Carla y estaba sorprendida y tenía los ojos bien abiertos. Tamara le tendió su mano ofreciéndole su amistad y le dijo, soy Tamara, y las dos estrecharon sus manos en señal de amistad. Carla le dice a Tamara, lo siento mucho, te veías muy espantada cuando te platicaba, no quise asustarte, he estado aquí por casi un año. Carla pregunta a Tamara, ¿por qué te trajeron aquí? Tamara dice: sé que sonará tonto, pero fui traída aquí por nada, fui acusada de algo que jamás hice, yo nunca lastimaría a nadie. Carla le dice a Tamara: eso es lo que ha pasado con la mayoría de nosotras aquí, muchas de nosotras no sabemos el motivo por el cual hemos sido traídas aquí. Resulta muy difícil entenderlo y no intentamos escapar porque somos personas muertas, eso es por seguro. He visto a mujeres tratando de escapar, les dan un aviso que se detengan y si no lo hacen, les disparan. Algunas se quedan atrapadas en el cerco de púas, y sin piedad les disparan, matándolas. Así que tú nunca te vayas a atrever a hacerlo. El día llegaba a su fin, la noche se adentraba y lo único que se escuchaba, eran lamentos de dolor, la atmósfera de aquel holocausto era increíblemente triste. Después de mucho tiempo, despierta Tamara, pudo dormir poco. Al día siguiente muy temprano, mucho ruido despertó a Tamara. Eran los guardias de seguridad, venían a despertar a todas y eran ordenadas ir afuera de los dormitorios para alinearse y les pudieran pasar lista de presencia. Los guardias aseguran que nadie faltara, después les daban un pequeño desayuno, haciendo una línea, les daban una taza de café sin azúcar, un trozo de pan duro y eso era todos los días. Así, los meses pasaban, haciendo diario casi la misma rutina de prisioneras de los Nazis. Una tarde, al anochecer, los guardias se llevaron a Tamara fuera del dormitorio donde nadie los viera. Cuatro guardias jugaban a las cartas. Tamara era el premio. Estarían disputando su cuerpo, sería el premio para el ganador. No había manera que pudiera decir nada, o quejarse con alguien, puesto que sería inútil. Defenderte de los guardias también, ellos siempre usaban la fuerza. Cuando uno de ellos se declaraba ganador, este tendría a Tamara como trofeo. La usarían sexualmente y cuando éste satisfacía su apetito sexual, le daban de recompensa una poca de azúcar como regalo. Tamara tiraría enfrente de ellos todo lo que le daban, el azúcar y lo demás, y los guardias solo se reían de ella. Tamara regresaba a su dormitorio, lo hacía llorando y quejándose del dolor, se recostaba con lágrimas rodando en su cara. Carla, dándose cuenta se acercó a Tamara y le pregunta, ¿qué pasó porque te llevaron fuera? Tamara muy molesta le respondió a Carla no preguntes estupideces, que no me siento bien. Carla dice: lo siento, solo quería ser amable contigo, no quise molestarte. Tamara responde: solo quiero estar sola, no sé qué deba hacer para salir de aquí, pero si no lo hago voy a enloquecer. Quiero irme, quiero ver a mi hijo. Carla le dice: ¿tienes un hijo? Tamara responde: sí, sí tengo un hijo, y él es toda la razón de mi vida, por eso vivo, por eso me importa vivir, es por eso que tengo que estar fuera de aquí. Dios mío ayúdame a salir de aquí, es todo lo que deseo en la vida, ver a mi hijo por favor, por favor, Dios mío, ayúdame y así lloraba Tamara. Carla la abrazó para consolarla y las dos mujeres permanecieron en silencio por el resto de la noche. Meses después, los guardias trajeron unas muchachas jovencitas, prisioneras, al centro de concentración Nazi y eran tratadas como si no fueran seres humanos. La mayoría de ellas eran forzadas a tener relaciones sexuales con los guardias, de esa manera ellas obtenían comida extra. En otra ocasión las mujeres presenciaban y fueron testigos de una mujer tratando de escapar, pero uno de los guardias se dio cuenta y le dieron una advertencia a la mujer para que parara, si no lo hacía le dispararían. La mujer lo ignoró por completo y siguió corriendo hacia el cerco de púas, acto seguido se escuchaban unos disparos, ella alcanzó a llegar al cerco, logró sujetarse de éste y toda sangrada se fue desplomando lentamente al piso, muerta pocos minutos más tarde. Una segunda mujer que presenció toda la escena, a propósito, pasando junto al guardia que acababa de matar a la mujer que quería escapar, le gritaba: ¡eres un asesino, un maldito asesino! ¡vamos mátame a mí también que para eso eres bueno, para matar a mujeres indefensas! ¡vamos asesino mátame!, y le sigue gritando, ¡vamos cobarde para eso eres muy bueno! ¡es lo único que sabes hacer matar a mujeres, vamos, qué es lo que esperas cobarde! El guardia le dice a la mujer: ¡cállate o te dispararé! La mujer no paraba de gritar puros insultos y se dirigía hacia la barda de púas. Muchas de las mujeres cautivas miraban nerviosamente que la mujer se encontraba más y más cerca al cerco de púas. El guardia finalmente le disparó varias veces matándola y ésta cayendo muerta. Todas las mujeres espantadas retrocedieron asustadas y fueron desapareciendo del lugar. Carla y Tamara hicieron lo mismo que el resto de las mujeres. El tiempo pasaba, una mañana cuando el guardia las despertaba a todas para pasar la lista de presencia, notaron que había una mujer colgando del techo que se había suicidado. Algunas mujeres que veían al cadáver de cerca gritaban horrorizadas. Carla le dice a Tamara: que tristeza me da, es lo que el holocausto ocasiona, esa mujer seguramente tenía problemas y no pudo soportar más, seguramente no tenía esperanza alguna porque vivir. Yo no sé, pero lo que sí sé es que algún día tarde o temprano, moriremos. Tamara le dice a Carla: vamos Carla, ve las cosas positivamente, ahora no tienes que pensar en esas cosas, es seguro que algún día moriremos todos, por ahora concéntrate en que vamos a vivir, porque creo que algún día vamos a escapar de aquí. Sí, sí, algún día vamos a escapar, no sé cuándo ni cómo, pero creo que debemos de tratar. Carla le dice a Tamara: ¿escapar de aquí? ¡ni siquiera se te ocurra pensarlo, estás loca o qué! Escúchame, aquí la seguridad está muy reforzada, a ver dime ¿tienes algún plan o cómo piensas escapar de aquí sí todos los lugares están sellados? estás completamente loca en pensar en eso. Tamara le dice a Carla: no lo sé, ni lo he pensado todavía, pero tenemos que diseñar un plan. Ya pensaremos en algo para salir de aquí, debe haber una forma de salir de aquí, no me digas que aquí vas a esperar que la muerte llegue a ti. Escúchame tenemos que tratar de hacer algo, nadie en el mundo quiere esta forma de vida, ni nosotras que estamos aquí dentro la queremos, ni la soportamos, esto es miserable, yo prefiero morir tratando de escapar a esperar aquí a ver qué pasa en este maldito holocausto. Tamara dice: yo rezo a Dios a diario, que me ayude a encontrar una salida de este infierno, vamos Carla tratemos, mientras más pronto mejor. Carla movió su cabeza negativamente y después diciendo: ¡no, no, no, no! El tiempo pasaba y pasaba sin cambio alguno, exceptuando uno, en el que los guardias trajeron a las mujeres jóvenes. Los guardias las formaban y las obligaban a quitarse las ropas, algunas de las jóvenes se resistían a desnudarse y eran golpeadas duramente por los guardias, los lamentos de las jóvenes podrían escucharse muy lejos pero como siempre, no se podía hacer nada para ayudarlas, lo único que hacíamos era mirarnos unas a las otras sin poder ayudarlas. Cuando los guardias terminaban de ver el espectáculo, las jovencitas corrían en busca de refugio tratando de cubrir sus cuerpos semidesnudos y otras completamente desnudas. Otras se veían en su rostro la pena que las embargaba y algunas todavía quejándose del dolor que les causaron los guardias al no querer desnudarse... Una noche la mujer qué dormía al lado de Tamara, estaba agonizando, Tamara se le acercó y tomando en las manos con una voz muy suave le dice: calmadita, no te preocupes, vas a estar bien, sé que estás padeciendo de dolor, ¿quieres que te ayude a orar? La mujer moribunda le dice a Tamara: pero no sé cómo orar, nadie nunca me enseñó antes, por eso es que no lo he hecho, tal vez tú quieras enseñarme cómo orar. Tamara le dice a la moribunda: seguro que sí. Mira, cierra tus ojitos y repite estas palabras desde el fondo de tu corazón. Santo Padre, Dios de Abraham, Dios de Isaac, Dios de Jacob. Yo reconozco que enviaste a tu hijo único Jesucristo, para que muriera en la cruz a cambio del perdón de nuestros pecados, Dios mío yo creo que

Jesucristo es tu hijo único y que resucitó y está sentado a tu derecha para venir en un futuro a juzgar a vivos y muertos, y su reino no tendrá fin. Reinará para siempre junto a el Padre, y con el Espíritu Santo, con Poder y Gloria. Eso creo y tengo fe en que mis pecados sean perdonados y me dejes reunirme contigo en el cielo. Amén. La moribunda repitió todas estas palabras que Tamara le dijo que repitiera, y al momento, la moribunda se veía relajada y sin dolor. Le dice a Tamara, gracias, me siento mucho mejor siento, que me he desecho de un gran peso que cargaba y sobre todo no siento más miedo a morirme, me siento tranquila y contenta. Ahora veo una enorme luz que me señala que debo de seguir, todo aquí es tan hermoso, ahora tengo que seguir la luz brillante. Y una sonrisa se dibujó en los labios de la moribunda, la cual le dice a Tamara: Oh, este lugar es tan hermoso. Desearía que todas ustedes pudieran verlo y venir aquí, la mujer moribunda pausa como si estuviera disfrutando mucho de algo que las presentes no podían ver, y luego dijo: aquí hay mucha comida. Tamara le dice a la moribunda: debes tener mucha hambre, me siento mal que no te puedo ayudar en nada aquí, no te puedo conseguir ningún alimento, lo siento no puedo hacer nada por ti. La moribunda toma de la mano a Tamara y le dice: no te sientas de esa manera, créeme, has hecho demasiado por mí hoy. Tamara le soltó la mano y salió de prisa y con mucho cuidado asegurándose de no ser vista, rompió una ventana de la bodega, donde guardan la despensa de comida y entró y vio que había mucho alimento, tomo azúcar, lo primero que pudo y que estaba a la vista. Lentamente salió sin ser vista, regreso a donde estaba la moribunda. Carla le dice a Tamara: es demasiado tarde se ha ido, ha muerto, la mujer ya terminó. Había una sonrisa en su rostro. Cuando Tamara veía a la difunta, traía la azúcar en sus manos, las otras mujeres lo notaron, y le brincaron para quitarle el azúcar. Tamara no puso ningún tipo de resistencia, no le importó, solo las dejó que tomaran toda la azúcar que traía. Se tiró alguna poca en el piso. La mirada de Tamara estaba enfocada en la difunta, así pasaron unas horas hasta que el cansancio la venció. Y así pasó toda la noche, con un cadáver a su lado. La siguiente mañana, muy temprano, cuando las levantan para pasarles la lista de presente y cuando el guardia pasaba cerca del cadáver, notó que la señora no se movía, se acercó y entonces supo que la mujer estaba muerta. Llamó a los demás guardias, uno de ellos notó que a un lado del cadáver había azúcar regada en el piso. Cuando los guardias sacaron el cadáver, el que vio la azúcar regada en el piso, fue y se lo comunicó al comandante. Inmediatamente el comandante se dirigió dónde estaban las mujeres alineadas, antes que les pasaran lista. El comandante se dirigió a las mujeres preguntando: ¿alguien de ustedes se metió a la bodega a robar azúcar anoche? Todas ustedes serán castigadas severamente si no me dicen quién fue, ¡y quiero saber la respuesta ahora mismo! ¡y les repito, ahora mismo! Ninguna de las mujeres respondía nada, el comandante comenzó a caminar lentamente en frente de cada una de las mujeres y se les quedaba viendo a los ojos, y a la vez, en una forma amenazadora jugando con una macana de hule en sus manos. El comandante se dirigió a las mujeres y les dice: Si nadie me dice quién lo hizo, cada una de ustedes recibirá diez azotes con esta macana de hule. Así que necesito a alguien que me diga quién fue el intruso que se atrevió entrar a la bodega y robarse el azúcar. Nadie decía nada y cuando el comandante estaba frente a Tamara se le quedó viendo a sus ojos.

Tamara no pudo evitarlo y dobló la cabeza hacia abajo y el comandante permaneció con ella, se le acercó y viéndola a los ojos, él supo que ella lo había hecho, ya que ella no le podía ver a sus ojos. El comandante le pregunta: ¿tú lo has hecho, tú eres la que entró en la bodega a robar la azúcar? Tamara no abrió su boca para nada y permaneció con su cabeza agachada y sus ojos bien abiertos, no sabía lo que la suerte le deparaba. Tamara con ojos bien abiertos, levantó la cabeza mirando a todas las mujeres, como pidiendo apoyo, pidiéndoles ayuda. Pero ninguna de ellas se atrevió a decir nada, fue cuando el comandante le ordenó dar tres pasos al frente. Tamara con su cabeza abajo y nerviosa, lentamente dio tres pasos adelante y en presencia de todas las mujeres, el comandante la empezó a golpear brutalmente con su pedazo de hule duro. Lo hizo tantas veces, que brotaba sangre de su cuerpo. Finalmente, cayó vencida al piso, inconsciente. Para esto, las mujeres presentes tenían miedo y pena viendo el sufrimiento de Tamara. El comandante se dirigió a todas las mujeres presentes y les dijo: esto les enseñara una lección, para que esto no se vuelva a repetir. El comandante ordenó a los guardias que se la llevarán arrastrando, la llevaron a una celda pequeña y oscura, dejándola tirada en el piso. Después, cerraron la puerta con la llave de la celda y se fueron. Más tarde, Tamara despertaba con mucho dolor y sangre en todo su cuerpo, el dolor era tan severo que casi no podía moverse. Difícilmente se pudo reincorporar un poco, miro a su alrededor y finalmente se dio cuenta que estaba en una celda muy pequeña y oscura. Trato de incorporarse y no lo pudo hacer, el dolor era muy severo, se quejaba de dolor, prefirió quedarse tirada en el piso. Se quedó dormida en el piso y comenzó a soñar. Ya por la tarde, casi de noche, Tamara es despertada por el ruido de una puerta pesada de metal, era el guardia con el comandante. Se paró delante de ella y moviendo con sus dos manos su macana de hule, como amenazándola de ser golpeada nuevamente, le dice: te voy a preguntar algo, ¿quién te acompañaba ayer que entraste a la bodega? Tamara no decía una palabra, se le quedó mirando al comandante, y esté jugando con su pedazo de hule en sus manos muy amenazador, le dice al comandante: No, nadie más estaba conmigo, yo estaba sola, lo hice yo sola. El comandante miró a Tamara en tan mal estado, que estaba convencido de que ella decía la verdad. Se le quedó mirando a Tamara y vio que su condición era muy mala, y sintiendo pena por ella, decidió no golpearla más y se alejó sin decir una sola palabra. Los guardias cerraron la puerta y se alejaron. Así pasaban los días, los guardias abrían la puerta una vez al día para darle nada más una vez los alimentos de todo el día. Tamara estaba tan débil que tenía que arrastrarse del piso, para así poder alcanzar sus alimentos y cuando terminaba de comerlos, se arrastraba a una esquina de la celda donde diario hacia una marca en la pared por cada día que pasaba, así sabía cuántos días iban pasando. Cuando ella se recuperaba de sus heridas, lograba reincorporarse y se ponía de pie completamente, y se ponía a caminar muy lentamente en círculos. Tamara oraba. Dios mío, dame permiso de vivir lo suficiente para ver una vez más a mi hijo. Yo te ofrezco mi sufrimiento y mi dolor a cambio de que me permitas vivir y ver una vez más a mi hijo, no me importaría vivir más este holocausto que es tan miserable, si no tuviera la esperanza de volver a ver a mi hijo, dame fuerzas Dios mío, para poder soportar todo esto te lo pido en el nombre de tu hijo Jesucristo. Tamara estaba muy débil, se recostó y comenzaba a soñar. Rato después, despertaba gritando fuertemente, gritó un buen rato por el contenido de su sueño. Vinieron los guardias a ver qué pasaba, abrieron la puerta, Tamara se cubría los ojos porque la luz del día le lastimaba por el brillo de la luz. Los guardias dentro de la celda la regañan y le decían: ¿qué diablos te pasa? ¿por qué gritas tan fuerte? Tamara también estaba sorprendida por lo que pasaba, puesto que acababa de despertar de un horrible sueño, de las cosas malas que le han pasado en su vida. Tamara se calmó, no respondió nada a los guardias, ellos se burlaban de ella y se reían ruidosamente y le decían: trata de callarte la boca, si no vas a despertar a los otros huéspedes. Los guardias reían burlonamente y le decían: si no guardas silencio y si regresamos otra vez para callarte la boca, lo haremos, pero te callaremos para siempre, ¿entiendes? Tamara no contestó nada a los guardias, nada más doblo su cabeza para abajo en señal de obediencia, los guardias se alejaron con sonrisas ruidosas. Tamara se levantó lentamente y comenzó su caminata al derredor de la celda y se pararía a contar los días que han pasado en la celda. Contaba del uno hasta el veinticuatro en las líneas, eso quería decir que ya ha pasado veinticuatro días en la pequeña celda. Tamara dice en voz muy baja: han pasado veinticuatro días, oh Dios mío, parece toda una vida. El mismo día más tarde, los guardias regresarían, abrieron la puerta de la celda y le dicen a Tamara: ¡para afuera, vamos para afuera! ¡tu castigo se ha cumplido, vamos tienes que salir! Por un momento, Tamara no entendía y se quedó quieta sin hacer ningún movimiento, no sabía de lo que se trataba, así que no respondía nada a los guardias, hasta que los guardias le dicen: ¿no oíste? ¡¡estás libre!! ya no tienes que estar aquí ¡vamos muévete!

Tamara entonces entendió que podía salir de la celda, trato de incorporarse, pero apenas podía moverse, no podía levantarse, trataba, pero no tenía fuerza en las piernas. Un guardia le dice al otro guardia: ¡ayudémosla parece que no puede levantarse! y los guardias dicen: ¡¡¡Ufff!!! ¡¡¡apesta!!! Los guardias sacan a Tamara fuera de la celda lentamente, porque su condición física era muy pobre y débil, tosía mucho, su ropa desgarrada y sucia, su pelo estaba desarreglado, sucio, alborotado. Los guardias llevaron a Tamara a un lugar donde podía limpiarse y arreglarse un poco. Después que se aseo, la llevaron donde podía comer un poco de alimento, el cual ella consumía muy deprisa. Después de que comió algo, la llevaron con el resto de las mujeres. Cuando ellas la vieron, empezaron a susurrar cosas de Tamara. Carla su mejor amiga, se encaminó hacia Tamara, la tomo en sus manos apoyándose en ella, la ayudo a caminar y le dice: ¡oh mira que te han hecho! no puedo creerlo son unos animales. Tamara le dice a Carla: sí amiga, eso es lo que son. No fue fácil estar ahí, me sentiré mejor ahora que estoy fuera de esa jaula. Carla ayudó a Tamara a adentrarse en los dormitorios. Mírate como estás, estás muy delgada, ¿qué no te daban de comer? Tamara le dice a Carla: sí me daban una vez al día, pero no estaba buena la comida. Carla responde: ya había oído de esa celda, es muy pequeña y obscura por lo que me contaron, y tú has tenido mucha suerte, algunas que han estado ahí no aguantaron y murieron, eres muy valiente y afortunada, si hubiera sido yo, no creo aguantar tanto, pero estoy tan contenta de que estés aquí de regreso, contenta de que todo haya terminado. Tamara le dice: tenía que hacerme fuerte y soportarlo, debo de vivir, tengo mi razón de por qué tengo que vivir, quiero ver a mi hijo, esa es mi esperanza de mantenerme viva, si mi hijo no existiera no me importaría si vivo o muero. Como verás, eres fuerte cuando tienes una razón fuerte de vivir y mi razón es mi hijo, por él tengo que vivir. Tal vez es por eso por lo que el dolor que otros te causan sea de menor intensidad. Carla le dice: el amor que le tienes a tu hijo es enorme y es muy admirable. Tamara responde: entenderías el amor de una madre hacia un hijo solamente cuando llegas a ser madre, es el más grande amor. Tú darías la vida por tu hijo sin dudarlo, tú preferirías ser ofendida o ser lastimada a que se lo hagan a tu hijo, no hay amor más grande que el de un hijo. Carla le dice a Tamara: a ver dime cómo es ser madre. Tamara le dice a Carla: no podría decirte muchas cosas acerca de esto porque ellos me separaron de mi bebé cuando él tenía tres meses de edad, pero si puedo tratar de decirte un poco de lo que un hijo es para la madre o para el padre. Carla responde: la única cosa que yo puedo decir de una madre o de un padre, es que algunos de los hijos son buenos y otros son malos. Tamara a Carla: verás, todos los niños son buenos, cada niño o niña que nace es un regalo de Dios, cada vez que nace un bebé es un encargo de Dios a los padres. Cada bebé es una joya, una piedra preciosa en bruto, de mucho valor, y esa piedra nunca ha sido pulida, pero si la pules le sacarás brillo. El trabajo de los padres es pulir la piedra en bruto hasta que ésta llegué a ser una joya preciosa y de mucho valor, nosotros debemos de darles el mejor del brillo y perfil a la joya, para que cuando nuestros hijos crezcan, estos estén orgullosos de lo que los padres han hecho de sus hijos. Tú serás muy feliz al ver a tu hijo realizado, convertido en algo bueno para la sociedad, así tú podrás decirle a Dios, tu encargo lo he cumplido y mi tarea ha sido bien hecha. Los niños y las niñas son la imagen del padre y de la madre. Carla dice a Tamara: ¡wow! tú serías una buena presidenta, anda dime más. Tamara continúa: cuando tu hijo nace, son tan delicados los bebitos que necesitan mucha atención, necesitan mucho amor. Eres tú misma en un bebé nacido, es por eso que tú darías la vida por tu hijo sin pensarlo. Los que tú dices que son malvados, esos no escuchan los consejos de sus padres, no entienden, son un poco rebeldes, es por eso que su comportamiento es diferente a los demás y se van por el camino equivocado, pero muchos de ellos rectifican el camino, ellos comprenden cómo son las cosas, rectifican y vuelven por el sendero del bien. Eso sucede cuando ya son más adultos, inclusive rectifican hasta cuando llegan a ser padres. Carla le dice: yo votaría por ti para presidenta... Los días y meses pasaban sin grandes incidentes. Un día Carla noto qué Tamara hacia algo inusual a su rutina relacionado a su comportamiento. Así que Carla se atreve a preguntarle a su amiga: ¿qué es lo que pasa contigo? te he estado observando y he notado que últimamente estás interesada en uno de los guardias Nazi. Tamara contesta: ¡no seas tonta! Tamara le agarró la mano a Carla y viéndola a los ojos le dice: mira, he estado analizando muy seriamente las cosas para que salgamos de aquí, tú sabes lo que quiero decir, escapar de aquí, esa es la razón por la cual he estado siguiendo los movimientos específicamente a ese guardia, estoy estudiándolo. Lo que quiero averiguar es si él pudiera ayudarnos de alguna manera para escapar de aquí. Carla le dice a Tamara, estás loca, ¿tú crees que uno de esos gorilas va a ayudarte a escapar de aquí? qué no sabes que ellos están aquí específicamente para asegurarse de que nadie vaya a ningún lado, ¡¡no lo entiendes!! tú has visto qué les ha pasado a esas mujeres que han tratado de escapar, ellas están ya muertas, por favor amiga, no sueñes. Tamara no contestó a Carla, se quedó callada por un momento. Carla le dice a Tamara. ¿Dime acaso tienes un plan en mente? Tamara a Carla: tengo una idea, bueno, no sé si vaya a resultar o no, pero debo de tratar, es mejor que no hacer nada y esperar a morir en este holocausto sin haber intentado nada. Carla le pregunta a Tamara, a ver dime, ¿qué es lo que tienes en mente? y Tamara le contesta: ya lo sabrás a su tiempo. Solo te pregunto, ¿vas a venir conmigo o no? tienes que tomar en consideración que no va a ser fácil, esto va a ser cuestión de vida o muerte, para que lo pienses bien con calma y déjamelo saber lo más pronto posible. Yo te digo de una vez por todas que sí lo voy a intentar, no importa lo que me pase. Carla le dice a Tamara: No yo no voy a ningún lado contigo, pero cuenta conmigo en lo que te pueda ayudar, pero no iré contigo para nada. Tamara le responde a Carla: escúchame, no quiero obligarte a ir a ningún lado conmigo, nada más te estoy invitando a que lo pienses muy detenidamente. Y te pregunto, ¿quieres pasar el resto de tu vida aquí? ¿quieres morir aquí sin dignidad? ¿quieres vivir como un animal? ¿No tener ninguna esperanza? ¿no hay nadie ahí afuera que desea verte? imagínate que un día la gente comente: ¡¡¡Aquí esta una sobreviviente del holocausto!!! ¿Tú sabes que tarde o temprano nos van a matar aquí? ahora dime si vale la pena tratar de escapar. Vamos Carla no seas cobarde. Carla le dice a Tamara: suena muy bonito, pero ¿qué tal si nos ven escapando? nos mataran sin remedio, de eso es lo que tengo miedo, nada más de pensar que no tendrán ninguna misericordia de nosotras, nos dispararán y nos matarán de seguro. Tamara se dirige a Carla: escúchame, tú dime ¿qué clase de vida es ésta? esto no es vida, te diré lo que es vivir una vida, en la vida debes ser libre, vida es tener alguien a quien amar, vida es tener a alguien quién te amé, vida es ir al lugar que tú deseas ir, vida es correr, jugar a ser todo lo que te plazca, vida es tomar tus propias decisiones. Por supuesto, todo esto y más se hace de acuerdo con las leyes humanas y muchas otras cosas, Carla. Tú dime, ¿que no quieres tratar de tener este estilo de vida? ¡ahora, contéstame! Carla no contestó nada, se quedó callada sin comentario alguno, solamente mirando a Tamara. Y Tamara le dice: Carla, esto es en serio voy a tratar de salir de aquí, si no lo intento jamás me lo perdonaré a mí misma, que pude haber vuelto a ver a mi hijo y jamás lo intenté. Estoy muy consciente que las cosas pueden no salir bien y que puede que me disparen y me maten, pero creo que vale la pena intentarlo. Además, cuento con la ayuda de mi Dios. Carla le dice a Tamara: ¿Quién es tu Dios? Yo no lo conozco y como no lo conozco, no voy a confiar en un Dios que no conozco. Estoy muy confundida, la verdad no lo sé, quisiera creer en todo lo que dices y ser libre como tú dices, pero me da miedo, me parece que tú estás hablando en serio. Tamara le responde: Claro que sí estoy hablando en serio y creo que tú vendrás conmigo, una vez que pierdas el miedo, te decidirás y lo lograremos porque tendremos mucho cuidado, verás que cuando lo logremos lo podremos contar a toda nuestra familia, les diremos cómo lo logramos. Carla le dice a Tamara: quisiera creerlo, pero creo que tú serás la que le contarás a tu hijo la manera de cómo escapaste, si no me animo a ir contigo puedo ayudarte en lo que pueda, en serio cuenta conmigo tal vez quieras que seduzca al guardia mientras tú escapas. Las dos mujeres rieron de la broma de Carla. Las dos se sentaron y comenzaron a diseñar un plan para escapar. Los días y los meses pasaron, Tamara piensa mucho en su hijo y observando mucho tiempo al guardia que ella pensaba que la ayudaría, observando todos sus movimientos que hacía al diario. Una tarde cuando Tamara hacia sus observaciones, trato de comunicarse con el guardia en turno, esta vez parecía que tenía respuesta del guardia. Tamara demostró felicidad en su rostro y casi corriendo fue a darle las nuevas noticias a su amiga Carla, y esta le pregunta: ¡hey! ¿qué pasó? ¿por qué estás muy contenta? a ver cálmate y dime qué es lo que te pasa. Tamara le dice: no me vas a creer esto, pero creo que he encontrado a alguien que nos pueda ayudar. No, no estoy muy segura de esto, pero creo que lo averiguaré pronto, entonces te lo diré, esto es tan real, espero estar en lo cierto. Carla le dice a Tamara: ¿no me contarás de qué se trata? Tamara le responde: te lo diré hasta que esté segura de esto. Mientras las dos caminaban, le dice Tamara a Carla: tengo el presentimiento que el día que hemos esperado para salir de aquí está muy cercano, así que tú debes estar lista y preparada para salir de aquí en cualquier momento, ¿me has escuchado? Carla le dice a Tamara: no sé cuáles son tus planes, pero creo que yo ya te dije que no iré contigo a ningún lado, tú dime qué hago para ayudarte a salir de aquí, pero no cuentes conmigo, tendrás que irte tú sola. Tamara le dice: aprecio tu oferta de ayudarme a salir de aquí, pero no creo que me puedas ayudar en nada, gracias, me encantaría que vinieras conmigo, yo creo que la libertad para ambas está muy cerca, la puedo percibir. Karla le responde: no puedo creerlo, lo dices una y otra vez como si estuvieras tan segura de lograrlo, a ver cuéntame, dime cuál es tu plan y te diré cuáles son tus posibilidades de que lo logres, si tus posibilidades de lograrlo son buenas, tal vez te acompañe. Quisiera ser como tú de positiva, estás tan segura de lograrlo, nada más de pensarlo me da miedo, creo que necesito más tiempo para pensarlo y deshacerme de este miedo en el cual me siento atrapada y sí claro que sí me gustaría ser libre, como tú dices, sería tan hermoso probar otra vez la libertad, pero no, ahora tengo miedo, tal vez más adelante, o no sé ni lo que digo, sí tal vez sí, tal vez necesite más tiempo. Tamara se acercó a Carla y tomándole las manos le dice: Yo entiendo perfectamente, esto pasa porque tú no tienes fe en Dios, yo quisiera que creyeras en mi Dios, quisiera que sintieras su presencia, que sintieras su protección, es como una fuerza invencible, yo la puedo sentir. Yo siento cómo Dios me dirige, no me habla no lo oigo, pero es un lenguaje mental, es como comunicarse con él en telepatía. Es difícil tratar de explicártelo y para sentir esto, tú tienes que creer en él, tener fe, para que tú puedas ser positiva. Yo lo siento porque tengo mucha fe, he pedido por ayuda y después siento la paz dentro de mí porque tengo fe de que sí me va a ayudar. Carla le dice: porque sigues diciendo que tu Dios te ama y te cuida, cuando mírate dónde has venido a parar, justamente aquí en este miserable lugar, mírate a ti misma, tu vida ha sido destrozada y aun así ¿dices que tu Dios te ama? ahora tú dime, ¿dónde está tu Dios? ¿por qué tu Dios permitió que todas estas cosas te pasarán? Tamara responde: Mira Carla no soy una experta en la materia, pero yo creo que antes que nada necesitas de la fe. La fe es creer en algo increíble, la fe es creer en algo que va a pasar, la fe es como el viento no se ve, pero ahí está, fe es una completa obediencia a la voluntad de Dios, fe es un regalo de Dios y está ahí, lo único que necesitas, es pedirle a Dios por fe. Y lo que me preguntas, ¿por qué Dios permite el sufrimiento? Creo q Dios nos da el sufrimiento para ratificar y probar nuestra fe en Dios, yo creo que cuando él nos da sufrimiento, nosotros los afectados, le reclamamos, lo condenamos, le exigimos, le gritamos y le decimos ¡Dios si fueras mi padre no me tratarías así!... Pero después de un rato, buscamos ayuda, buscamos a alguien que nos consuele, ese alguien tiene que ser un ser muy supremo, muy fuerte, el más poderoso, es Dios y después de reclamarle e insultarle nos viene la calma y apenados agachamos el rostro, le pedimos perdón por los insultos y acabamos pidiendo la ayuda, el consuelo, porque es el único que nos puede dar paz y eso ocasiona que nos acerquemos más a él. Y cuando nos aprieta, cuando tenemos apuros, tiempos difíciles, lo hace para llamarnos la atención, y cuando las cosas van del todo bien, no tenemos ningún interés, ninguna prisa en buscarlo, porque todas las cosas están bien. No necesitamos ayuda de nadie y cuando tenemos problemas, estos problemas nos empujan a arrodillarnos frente a él y buscamos respuestas, compasión para con nosotros, creo que Dios respeta nuestro propio albedrio en la manera en que vivimos, él te deja que tú escojas, ser bueno o ser malo y después cuando nos portamos mal, él entra en acción. Es como el pastorcito que tiene diez ovejas y se le pierde una, deja las nueve y se va en busca de la que se ha perdido y la trae de regreso contento, sana y salva. Nos dice que en su reino nos tiene a todos reservados un lugar, pero en orden de guardar nuestra reservación, tenemos que obedecer las leyes de Dios. En otros casos, nos da sufrimiento para que nuestras almas sean purificadas por nuestros pecados y así llegamos limpios cuando estemos en su presencia. Tal vez un día estemos reunidos con él en el cielo, que será nuestra casa eterna. Carla le responde a Tamara: ¡Wow! Deberías ser predicadora. Carla se separa de Tamara y se aleja algunos pasos con la cabeza baja, como pensando en la plática de Tamara... Días después, Tamara había elegido al guardia que supuestamente la llevaría a la libertad. Tamara checaba a diario para asegurarse que el guardia la ayudaría. Le hacía una serie de señas y él respondía. Tamara le dice a Carla: estoy segura de que este guardia si me ayudará, así que es tiempo a que tú decidas si es que vienes, si no quieres venir tienes que decírmelo, necesito saberlo para no molestarte más. Y Carla mira a Tamara, camina lentamente hacia ella y cuando estuvieron las dos de frente le dijo: ¿tú crees que tu Dios me ayudaría si se lo pido? las dos mujeres se miraron mutuamente y Tamara le dice: ¿lo dices en serio? Carla movió su cabeza de arriba hacia abajo. Sí, sí quiero. Las dos se abrazaron y se veían felices. Tamara le dice a Carla: ¿sabes? he estado pensando detenidamente todas esas cosas que me has dicho de Dios y lo de ser libre y todas esas cosas bonitas que dices, y he llegado a la conclusión que sí vale la pena el tratar de salir de aquí, sí vale la pena el arriesgarse, arriesgar la vida a cambio de la libertad. Quiero como tú, llegar a tener esperanza y cuando alcancemos la libertad, buscar a mi familia y buscar el amor de alguien que vuelva hacer todo tan maravilloso. Me cansé ya de vivir como animal, sin esperanza alguna. Aprenderé a amar y a conocer a tu Dios, tú me enseñarás. Tamara le responde: sí, te enseñaré. Y las dos se abrazaron. Tamara se dirige a Carla y le dice: me haces tan feliz con tu decisión, me alegro mucho por ti, mira la primera cosa que vas a aprender es a no tener miedo, porque el miedo puede traicionarte, debes creer en ti misma, pídele a Dios la gracia, el regalo de la fe y que te permita creer en él, que te ayude en las cosas que vas a hacer, entonces el resto vendrá por sí solo, me alegro mucho de que vengas conmigo. Las dos mujeres sonrieron... Pocos días después, cuando el supuesto guardia que les ayudaría hacia su ronda, y en cuanto Tamara lo vio, corrió a decirle a Carla: ¡Carla! ¡Carla, el guardia está aquí! Carla dice: ¿quién? ¿de qué hablas? Tamara responde: el que nos va a ayudar a salir de aquí, la hora a llegado, nuestra ayuda está aquí, esta noche será la noche que esperamos, en cuanto oscurezca y cuando todos duerman, nos iremos. Carla, Mirando a Tamara con miedo y con ojos muy abiertos se encontraba sorprendida, no podía creer que estaría a punto de emprender la escapatoria. Carla le dice a Tamara: ¿podríamos esperarnos hasta mañana? Tamara le responde: quiero que seas fuerte, se ha llegado el momento, el guardia que nos ayudará está allá afuera haciendo su guardia, ahora es el momento, es hora de que pongas en práctica todo lo que hemos platicado, es tiempo para que tú hagas tu primera oración. Carla le dice a Tamara: ¿Cómo se supone que ore si no sé lo q que debo decir? Tamara responde: no tienes que saber cómo decir una oración, háblale a Dios de la manera misma que me hablas a mí. Dios quiere que tú lo trates como tu mejor amigo, pero eso sí con mucho respeto, dile lo que piensas, cuéntale tus tristezas, tus alegrías, tus momentos felices, tus necesidades, pero ahora pídele que nos ayude. Lo que él haga por ti, será para tu bien, aunque tú lo veas de otra manera. Carla miró al cielo, puso sus manos juntas contra su pecho y ahí estaba, orando por primera vez en su vida y mirando hacia el cielo. Luego bajo su vista y miró a Tamara muy emocionada. No le contestó nada, la dejó que siguiera rezando... Pocas horas después oscurecía y todos dormían, fue entonces que Tamara le dijo a Carla: la hora a llegado, alístate que partiremos ahora mismo. Carla le dice a Tamara: ¿podríamos ir otro día? está haciendo mucho frío. Tamara responde: no, no podemos esperar más, tiene que ser esta misma noche ¡vamos ya! Carla no hay que perder el tiempo discutiendo cosas sin sentido, porque si tú no quieres venir, yo me voy con o sin ti ahora mismo. Así que tú decides en este momento. Carla contesta: sí, sí voy contigo. Tamara dice: excelente, ahora quiero que respires profundamente y te relajes, no estés nerviosa ¿estás lista? Carla contesta: deja llevarme esta cobija, está haciendo mucho frío afuera. Tamara le dice a Carla: no, definitivamente no, no podemos llevar nada con nosotras porque estaremos corriendo casi todo el tiempo, estaremos sudando, deja la cobija y vámonos. Era una noche muy especial, la luna brillaba en todo su esplendor. Comenzaron a caminar lentamente y las dos pegaditas, la una con la otra, se acercaban al cerco de púas de alambre. Esperaron que el guardia en turno se acercara a donde ellas estaban escondidas. Y Carla le dice a Tamara: ¿qué hacemos aquí, porque nos detuvimos? ¡el guardia se acerca y nos verá! Tamara le dice: eso es lo que estamos esperando, a que el guardia nos vea, él es el indicado para ayudarnos.

Ahora permanece callada, que el guardia se acerca. Y efectivamente, el guardia se acercaba más y más. Cuando iba pasando frente a ellas, en ese justo momento, Tamara le enseña una cruz de madera al guardia y en cuanto éste ve la cruz de madera, él miró en todas direcciones para asegurarse que nadie se encontrará a su alrededor ni que fuese visto, y cuando estuvo seguro de que nadie lo veía, solamente miró a Tamara y movió su cabeza queriendo decir, está bien y el guardia se alejó sin decir más. Carla sorprendida dice: ¡¡viste eso!! ¡¡no puedo creerlo!! ¿y ahora qué? Llámalo, se está alejando, dile que regrese.

Tamara le dice a Carla: ¡Ssshhhh! cállate, ahora regresará y es cuando él hará algo para dejarnos salir. Carla pregunta: Pero, ¿qué es lo que hará? Tamara responde: aún no sé lo que hará, pero estoy segura de que hará algo para ayudarnos. Carla le dice: debo estar soñando ¡¡no puedo creer que esto esté pasando!! A ver, pellízcame para asegurarme que no es un sueño, estoy temblando de miedo. Tamara le dice a Carla: ya cállate, no hagas ruido, callémonos hasta que el guardia regrese. Las dos mujeres guardaron silencio y minutos más tarde, el guardia regresaba. Él también se notaba nervioso y miraba a todos los lados para asegurarse que no era visto por nadie y cuando se aseguró que todo estaba bien, el guardia entonces sacó un puño de llaves de su bolsillo y usando una de ellas, abrió el candado de una puerta chica, y la dejó semiabierta para que las dos mujeres pudieran salir. Y continuó caminando normalmente como si nada hubiese pasado, las dos mujeres con grandes ojos y muy admiradas se miraban una a la otra. Estaban sorprendidas por lo que acaban de ver. Carla le dice a Tamara: ¡¡dejó la puerta abierta!! ¿Qué haremos? A lo que Tamara responde: escucha, ahora vamos a salir y en cuanto estemos fuera de la cerca de alambre, vamos a tener que correr tan rápido como nos sea posible. Será una carrera sin parar por largo tiempo, permanezcamos lo más juntas posible, ¿está bien? Carla estaba petrificada, por un momento casi no podía levantarse. Tamara le dice: ¡ahora vayamos! ¿qué es lo que pasa contigo, que no quieres levantarte? ¡vamos tienes que moverte! Carla dice: es que mis pies no pueden moverse. Tamara le responde: ¡vamos Carla, es nuestra oportunidad de salir de aquí, no la desperdiciemos! ¡mira la puerta está abierta tenemos que salir ahora mismo! ¡vamos, sé fuerte, tenemos que salir de aquí porque si no lo hacemos, el guardia regresará y cerrará con candado! y ya no tendremos más oportunidad de salir de aquí, ¡vamos, vente, es ahora o nunca! Tamara la tomó del brazo para ayudarla a incorporarse y Carla una vez que estuvo de pie, empezaron a caminar lentamente, dobladas de la cintura para que no hicieran ruido y para evitar ser vistas. Caminaron hacia la puerta abierta y finalmente llegaron y la atravesaron sin perder tiempo. Estaban ya fuera del cerco de púas. Una vez que las dos se encontraban fuera del centro de concentración Nazi, se tomaron de las manos y empezaron a correr tan rápido como podían. De repente, se encontraron en una zona boscosa, y ayudadas con la luz de la luna, se introdujeron en el bosque. Apenas comenzaban la carrera a la libertad. Las dos mujeres corrían lo más rápido posible por el bosque. Después de un buen rato de correr, Tamara le dice a Carla: ¿estás bien? Carla le responde: estoy cansada y siento que me falta el aire, tomemos un descanso. Tamara le dice: no, no por ahora, no es el momento de tomar un descanso. Carla le contesta: es que corres muy rápido, parece que estuviste una vez en los Juegos Olímpicos. Y Tamara le dice a Carla:

No bromees ahora, debemos seguir corriendo si es que queremos escapar, tenemos que alejarnos lo más que podamos antes de que se den cuenta que faltamos. En cuanto sepan que tú y yo faltamos, van a empezar la búsqueda, es por eso que tenemos que alejarnos lo más que podamos del centro de concentración. Caminaban muy rápido y corrían tan de prisa como podían. Algunas veces Tamara tenía que ayudarle a Carla agarrándola de sus manos y empujándola para adelante, porque Carla muchas veces no podía sostener el ritmo de Tamara. Carla le pide a Tamara: por favor disminuye un poco la velocidad, no puedo más, necesito respirar, me falta el aire, por favor déjame descansar un poco. Tamara le dice: no podemos descansar ahora, los segundos son preciosos, porque los guardias podrían estar atrás de nosotras ya te lo dije, tenemos que estar lo más lejos posible de ellos si es que no queremos ser recapturadas. Carla le contesta: está bien, voy a hacer un gran esfuerzo, voy a sacar mi extra, lo haré por ti, por tu libertad, agárrame de la mano y no me sueltes así no me quedaré atrás. Y las dos mujeres siguieron corriendo toda la noche, aunque cayéndose muchas veces porque no podían ver muy bien, ya que era de noche y era difícil correr por el bosque, solo la luz de la luna les ayudaba a ver. Después de haber corrido por horas, Carla comenzó a arrastrar una de sus piernas. Carla le dice a Tamara: no puedo continuar más, paremos a descansar por favor. Tamara viendo el sufrimiento de Carla le dice: está bien vamos a sentarnos unos segundos, pero no por mucho tiempo. Las dos se sentaron y Carla se recostó por completo tratando de recuperarse, respiraba agitada y Tamara también se recostó, estaban tan cansadas. Después que las dos habían descansado por unos minutos. Carla le dice a Tamara: me siento mucho mejor, continuemos. Tamara le responde: si necesitas más tiempo, podríamos descansar por un ratito más. Carla le dice a Tamara: sigamos, como tú dijiste debemos estar lo más lejos posible del centro de concentración Nazi. Sigamos adelante, no podemos perder más tiempo. Las dos mujeres, por ahora, caminaban tan rápido como les fuera posible, lo hicieron de esta manera por el resto de la noche y parte de la madrugada, hasta qué el sol saliera. Carla le pregunta a Tamara: ¿vamos a continuar caminando por el resto del día? por la luz del día podríamos ser vistas, ¿no crees? Tamara le dice a

Carla: no creo que sea conveniente ni seguro caminar con la luz del día, como bien lo dices, sería peligroso. Creo que descansaremos por el día, y por la noche caminaremos. Por ahora, lo más conveniente es que busquemos un refugio seguro donde podamos descansar y en cuanto se vaya metiendo el sol seguiremos nuestra caminata y así buscaremos un lugar seguro. No muy lejos de allí, cuando encontraron muchos arbustos, se aseguraron de que era un lugar seguro para descansar. Tamara le dice a Carla: escondámonos en estos arbustos, parece un buen lugar para escondernos por ahora. Carla dice:

gracias, estoy rendida por hoy, casi estoy muerta. Se escondieron las dos mujeres tras los arbustos y se recostaron una al lado de la otra, se cubrían una a la otra con hojas de los árboles. Durmieron durante el día, despertando antes del anochecer. Tamara checaba alrededor y todo parecía perfecto. Después de que se dio cuenta que todo estaba bien, se levantó lentamente y le dice a Carla: Carla, Carla, ¡vamos ya despierta! y Carla responde: ¿qué pasa? Carla, apenas si se podía mover de lo cansada que se encontraba. Tamara le dice: despierta es tiempo que nos vayamos, tenemos que continuar nuestra jornada.

¿Carla estás bien? Carla responde: si estoy bien, es solamente que estoy muy cansada, mis piernas me duelen demasiado, además tengo hambre. Tamara le dice a Carla: Sí, ya lo sé porque yo también estoy hambrienta igual que tú. Tamara miro a su alrededor y le dice a Carla, no hay ninguna casa por aquí, así que no es posible que podamos buscar comida, así que no nos queda más que seguir caminando hasta que encontremos a alguien que nos dé algo de comer. Carla afirma: creo que no tenemos otra alternativa. Tamara dice: tienes razón, a esta hora los guardias de seguridad saben que escapamos y deben andar buscándonos, por eso es por lo que debemos irnos. Vamos Carla, sigamos. Carla alterada dice: a ver, ¿tú quieres decir que ellos ya nos andan buscando y que puedan estar mu y cerca de aquí? Tamara responde: me temo que sí, pero mira ya hicimos lo más difícil, ¿no te hace sentir feliz? Ahora tenemos que ser más cuidadosas y hacer lo mejor de las cosas porque no queremos ser recapturadas. Hoy no vamos a correr tan rápido como ayer, pero si caminaremos lo más rápido que podamos. Así las dos mujeres caminaban tan rápido como podían. Mientras tanto, los guardias de seguridad andaban ya en busca de las mujeres. A lo lejos, se oyen los ladridos de los perros de los guardias Nazi, las dos mujeres podían escucharlos. Para esto, Carla tenía problemas para caminar, se quejaba de sus zapatos y de sus pies, le dolían mucho, Tamara tenía que ayudarla a empujar de su mano. También Tamara comenzó a tener problemas en sus pies. Las dos mujeres se miraban en mal estado y cansadas, ahora las dos renegaban. Carla le dice a Tamara: no puedo continuar, simplemente no puedo más, mis pies ya no dan más, estoy muy cansada y estoy muerta de hambre también, tengo sed. Carla le dice: Tú sigue adelante, yo te seguiré, esto es demasiado para mí. Las dos mujeres escuchaban los ladridos de los perros que las venían siguiendo. Se miraron una a la otra aterrorizadas y Carla le dice a Tamara: ¿escuchaste esos perros? ¡nos van a alcanzar! Carla entró en pánico, se puso nerviosa y comenzó a llorar. Carla decía: ¡es por tu culpa! ya ves, ¿por qué tuve que escucharte? nos mataran sin compasión en cuanto nos den alcance, no quiero morirme. Tamara le dice a Carla: deja de hacer eso, cálmate, mira todo va a estar bien, tómalo con calma. Los perros, como los guardias, deben estar cansados también y nosotras llevamos la delantera, que no te entre el pánico. Tamara abrazó a Carla y le dice: eso, así está bien, vas a estar bien y escúchame esos perros se oyen muy lejos y no nos darán alcance, de verdad confía en mí. Carla le dice a Tamara: ¿estás segura? Tamara le responde: si estoy segura, ahora sigamos caminando. Las dos mujeres continuaron con su jornada. Carla se caía, se tropezaba muy seguido y los ladridos de los perros podían ser oídos por las dos mujeres. Carla le dice a Tamara: hubiera deseado no haber venido contigo, no lo digo por mí, digo esto por ti. Tú deseas tanto ser libre y yo nada más estorbando tu camino, yo quiero que seas libre de verdad, daría la vida con tal de que tú logres tu libertad y así de esa manera puedas ver una vez más a tu hijo. Tamara le responde a Carla: de verdad que aprecio todas tus palabras tan hermosas, pero te digo que ambas vamos a alcanzar la libertad, solo espera que lo veas. Carla le dice a Tamara: tú no serás libre si no paras de jalarme de la mano, es que estás haciendo trabajo extra empujándome. Carla dice: escúchame es muy importante lo que te voy a decir, mira tú debes de continuar adelante, de verdad yo ya no puedo más, mis pies me lastiman, mis pies sangran, mis pies me están matando y a cada paso que doy todo mi cuerpo me duele, es como si un tren haya pasado sobre de mí. Por favor, tú ve adelante y yo te alcanzaré en la frontera de Suiza. Solo que yo tomaré mi tiempo para llegar allí y no te preocupes por mí yo voy a estar bien con la ayuda de Dios, ahora ve tú, anda ve por favor. Tamara le dice: estás loca, no te dejaré, ¿qué es lo que te hace pensar que te voy a dejar aquí sola? jamás te abandonaría me escuchaste. Mira, te lo diré de una vez por todas, no voy a ir a ningún lado sin ti, si tú paras de caminar yo también pararé, así que no seas una cobarde. Y así, las dos caminaban más lentamente porque ya no podían mucho. Carla estaba terminada y a muy duras penas se podía mover. Trataba y se caía a cada rato. Carla le dice a Tamara: Tamara, esto no es una broma, esto es real, lo puedo sentir estoy terminada. Voy a pedirte un gran favor, pídele a tu Dios que me guarde un lugar allá arriba en el cielo para poder estar con él. Tamara, yo le pediré que te ayude a llegar a tu destino, pero ahora tienes tú que continuar sola. Tamara le responde: no, ya te dije que no puedo dejarte sola, no voy a ir a ningún lado sin ti, eres mi amiga y estaremos juntas hasta el final. Mira, vamos a hacer una cosa, tú estás cansada, recuéstate por un buen rato y cuando te sientas mejor y más descansada, entonces le seguiremos, y después Tamara dice: yo me sentaré y te esperaré aquí, y no dejes que esos perros te intimiden, ya que están muy lejos de nosotras. Tamara seguía platicando con su amiga por un buen rato sin mirar a Carla. Ella no se dio cuenta que Carla había cerrado los ojos y Carla no le respondía. Tamara seguía hablando, pensando que Carla la escuchaba. Tamara le decía: no te apures, tómate el tiempo que quieras, cuando los perros con los guardias se acerquen, tú y yo estaremos descansadas y los perros y guardias estarán muy cansados. Así que cuando ellos tomen un descanso, nosotras nos alejaremos más de ellos, mientras ellos descansan. A este punto, Tamara miró a Carla, fue entonces que notó que ésta ya no se movía, ni tampoco respondía, ni tenía ninguna reacción. Fue cuándo Tamara tuvo un mal presentimiento. Tamara se acerca a Carla, y entonces fue cuando Tamara supo que Carla no respiraba más. Le tocó el pulso y no tenía nada de pulso. Fue allí que supo que su amiga había muerto. Tamara abrazó a su amiga y llorando le dijo querida amiga, sabía que no querías venir. Gracias por tu amistad, gracias por tu compañía, gracias por ser tan valiente, estoy segura de que ahora estarás reunida con nuestro santo padre... Dios, perdona sus pecados, llévala a descansar su vida eterna junto a ti, junto a tu hijo Jesucristo y con el espíritu santo, amén. Carla, amiga mía, viniste conmigo para liberarte, ahora tú eres libre, has pasado a mejor vida, no tendrás más sufrimiento, no estarás más cansada, no tendrás más hambre. Gracias por la amistad que me brindaste, ahora tú desde el cielo pide a Dios por mí. Tamara se levantó y con un palo hizo un hoyo y ahí la enterró.

Le hizo una cruz de palo y la puso sobre su tumba, para así continuar a su jornada sola. Caminaba por la noche, y cuando amanecía buscaba un lugar seguro y descansaba por la tarde. Después de un buen descanso se incorporaba y notaba que estaba todo en silencio, no se oían más los perros que ladraban, pareciera que los guardias y los perros habían abandonado la persecución. Tamara se decía a sí misma: Dios mío tengo mucha hambre, debo de conseguir algo de comer para poder recuperar fuerza y seguir mi jornada. Dios mío ayúdame a encontrar algo de comer. Tamara resumía su jornada al anochecer. No había ido tan lejos, cuando vio la luz eléctrica de una casa, se acercó a la casa muy lentamente y con mucho cuidado, tenía miedo al tocar la puerta, pero el hambre que tenía no la hizo pensar más, no tenía otra alternativa más que tocar a la puerta. Una vez que se encontraba frente a la puerta, iba a tocar, pero paró en el último segundo, cambió de opinión, ella retrocedió para encontrar dos pedazos de madera para hacer una cruz de madera. Se regresó, esta vez iba decidida a tocar a la puerta y así lo hizo. Una mujer abre la puerta. Tamara le mostraba la cruz de madera a la mujer y la mujer mostró una sonrisa en su semblante. Llamó a un hombre que se encontraba dentro de la casa. La pareja miraba a todo su alrededor para asegurarse que nadie estaba por ahí. Una vez que se aseguraron de que nadie los veía, regresaron con Tamara y el hombre le dice: pronto, pásate de prisa. Cuando todos entraron a la casa, miraron con tristeza las condiciones tan malas en que se encontraba Tamara. Era increíblemente malo su aspecto, su ropa toda desgarrada, sucia, su pelo un desastre, sus zapatos hechos pedazos y sus piernas sangrando. La mujer le pregunta a Tamara: ¿Qué te ha pasado? ¡mira nada más como vienes! Tamara le dice a la mujer: siento mucho molestarlos, solo quisiera algo de comer, no tengo dinero, pero les podría pagar con trabajo, limpiando la casa. La mujer le dice a Tamara: no te preocupes, será mejor que primero te metas al baño, te das una aseada y yo te prepararé una comida calentita, ¿qué te parece? Ven conmigo, te enseñaré dónde te puedes dar un baño. Casi somos de la misma talla, te conseguiré ropa limpia. Tamara le dice a la mujer: no tengo dinero con qué pagarte, en realidad no quiero molestar, solo busco un poco de comida. El hombre le dice a Tamara: por favor, haz lo que mi esposa te dice, ahora ve a asearte y después comerás algo calientito. La mujer dice: ven te llevaré al baño, aquí encontrarás todo lo necesario, después de asearte te sentirás mejor. A lo que Tamara le responde: es que no quise causar ningún problema, y la mujer le dice: es que no estás causando ningún problema, la ropa no es nueva. Anda, ve, báñate y yo regreso con la ropa. Y tu ropa vieja la tiraremos porque eso ya no sirve. Mientras Tamara se aseaba, la mujer fue a donde su marido se encontraba, este estaba calentando la comida para Tamara. La mujer le pregunta a su esposo: ¿Tú qué crees? está pobre mujer se ve muy mal ¿puedes imaginarte por todo lo que ha pasado? No me puedo imaginar todo lo que trae a cuestas. El hombre le dice a la mujer: estoy seguro que anda huyendo de algo o alguien. Lo que sea, le han causado mucho dolor, siento mucha pena por ella. Miró a su esposa y le dijo atiéndela bien por favor. La mujer le responde al hombre: voy a llevarle ropa limpia. La mujer fue a su cuarto y escogió una ropa bonita y regresó con Tamara, le toco la puerta y le dijo: dejaré la ropa limpia detrás de la puerta, aquí está esto, no es nuevo, pero está limpia. Tamara tomó la ropa limpia y dice: esto es hermoso. La mujer le pregunta: ¿has terminado de bañarte? Tamara le responde: ahora salgo, en un minuto. La mujer le pregunta: ¿cómo está la ropa, te quedó bien? si no te queda, dímelo y te la cambió por otra. Tamara le dice a la mujer: Dios les pague todo lo que han hecho por mí hoy. La mujer se dirige a Tamara: no te apures todo está bien, estoy segura de que tú hubieras hecho lo mismo por alguien que lo necesite. Tamara le dice: nunca olvidaré tu amabilidad. A lo que la mujer le responde: en cuanto termines de vestirte, te estaremos esperando en el comedor. Tamara se viste con sus ropas limpias y se queda mirando en el espejo y se dice así misma: ¿esta soy yo? ¡Dios mío ha pasado tanto tiempo! Se veía sorprendida al ver su cara en el espejo, se peinó y salió del baño. En ese momento la mujer vino a su encuentro y le dice: eres muy bonita y la ropa te ha quedado justa, te quedó perfectamente bien. Tamara sonrío un poco. El hombre a Tamara le dice: ven siéntate a la mesa, todo está listo, he calentado algo para que comas, espero que te guste, mi esposa la ha cocinado. Ella es muy buena cocinera, así que creo que te va a gustar. Tamara se sentó a la mesa y la mujer le dice: sírvete ¿o quieres que te sirva yo? Tamara no contestó nada, veía la comida sobre la mesa, ella misma se empezó a servir y silenciosamente dio gracias a Dios por sus alimentos, y comenzó a comer muy lentamente. Se veía cómo saboreaba cada uno de sus bocados. Tamara le dice a la pareja: esto es lo mejor que he comido en toda mi vida. La pareja se sorprendió de lo que decía Tamara, y aunque no pudo comer mucho porque su estómago se había achicado, al final, le ofrecieron café y una rebanada de pan de dulce. Tamara comenzó a tomar su café y le dice a la pareja: este café es de lo mejor que he tomado en mi vida, pensé que jamás me tomaría otra taza de café y este pan es tan delicioso. Gracias Dios mío y bendice a esta pareja que me han alimentado hoy, todo estuvo delicioso. La mujer se le quedó mirando con mucha compasión y le pregunta: ¿ha sido muy difícil para ti verdad? Tamara miro a la pareja por unos segundos y les dijo, no quisiera que me lo tomaran a mal, pero prefiero no hablar del pasado, preferiría decirles qué tan afortunada y feliz soy al haberlos encontrado cuando más necesitaba de alguien. Ustedes no se dan una idea por lo duro que he pasado, lo único que les diré es que he combatido una lucha muy difícil y voy en camino para reunirme con mi hijo, del cual, ellos me separaron hace mucho tiempo, él tenía nada más tres meses de edad cuando eso pasó y ha sido para mí tan difícil no poder verlo por tanto tiempo. Ahora no puedo esperar para poder verlo una vez más, me muero de ganas por verlo. Cuando Tamara terminó de comer, le dice a la pareja: bueno les agradezco mucho, de verdad muchas gracias por la comida tan deliciosa. Nunca pensé poder comer otra vez otra comida tan deliciosa como ésta, hubiese querido comer un poco más, pero estoy tan llena que no puedo comer un bocado más. La mujer le dice a Tamara: quédate con nosotros esta noche y mañana continuas tu camino. Tamara le responde a la mujer: me encantaría mucho, pero quisiera alejarme lo más posible de aquí, he caminado por las noches y descanso por el día. Pero les agradezco mucho su invitación. Ahora me voy, quisiera tomar ventaja de la luz de la luna, así que muchas gracias por su hospitalidad, que Dios se los pague. El hombre le pregunta: ¿Tamara para dónde te diriges? tal vez te pueda decir de algunos atajos. Tamara responde: me dirijo a la frontera de Suiza, ¿está todavía lejos? El hombre le responde: te daré un mapa del área, voy por él a mi cuarto. El hombre fue por el mapa y regresó, lo extendió sobre la mesa y le explicó a Tamara: mira tu actual posición es ésta, aquí tienes que tomar este sendero para que llegues a la frontera con Suiza, si sigues estás indicaciones te va a tomar unos cuatro días más para que llegues allí. Después que el hombre le explicó con detalles, Tamara estaba como apresurada de irse, así que Tamara les dice: de verdad aprecio mucho lo que han hecho por mí, otra vez, que Dios les pague todo lo que han hecho, y ahora que oscureció es el momento oportuno de partir. La mujer le dice a Tamara: espera unos minutos, la mujer toma algo de alimentos que sobró y se los da a Tamara y le dice: llévate esto para tu camino, lo vas a necesitar, por allá donde vas, no hay muy buena gente y puede que tengas dificultades para encontrar quien te de alimentos. Tú sabes a lo que me refiero. Tamara tomó la bolsa con los alimentos y la mujer le dice a Tamara: ve con cuidado, sé fuerte, estoy segura de que lograrás tus propósitos, nosotros estaremos rezando para que te vaya bien, adiós que tengas buena suerte y ve con Dios. Tamara se despidió de la pareja, ellos se le quedan viendo hasta que desaparece en la oscuridad. Ésta sería la tercera noche de su jornada en busca de la libertad. Como es usual, camina por la noche y esta vez lo hace sin problema alguno. Cuando la luz del día se asomó, Tamara buscó un lugar seguro para descansar y dormir, y así lo hizo. Temprano, por la tarde, fue despertada por un ruido que venía de muy cerca de ella. Tamara se movió lentamente para averiguar qué cosa era y lo que vio fue un perro que quería comerse su almuerzo. Ella se levantó y se dirigió al perro y le dijo: ¡hey! ni lo pienses, no te vas a comer mi comida, tú eres ágil y puedes correr y puedes buscar un conejo para que lo cenes, yo no podría hacer eso. El perro parecía entenderla y retrocedió un poco de la bolsa de la comida. Tamara le dice: ¿no ves mis pies sangrando? a duras penas puedo caminar, esto es todo el alimento que tengo, no sé cuánto tiempo me voy a tardar en conseguir más. No es tan fácil, tú sabes. El perro no se movía, nada más se le quedaba mirando a Tamara, y ella le dice: vete anda vete, aléjate de mi comida. El perro se levantó y retrocedió cada vez más y más. Hasta que Tamara le dice al perro: espérate, regresa, está bien tú ganas, con la cara de tristeza que me pones voy a compartir contigo. Tal vez estés tan hambriento como yo lo he estado, yo sé lo que se siente estar hambriento. A ver, ven, acércate y come algo. Tamara le ofrece comida al perro, éste se acerca, come lo que Tamara le da y se sienta. Compartiendo su comida con el perro, después de que se terminaron la comida, el perro se le quedaba viendo a Tamara, esperando por más comida. Pero el alimento se había terminado. Tamara le dice al perro: lo siento, pero eso fue todo, es que tú ni lo masticaste, lo tragas así rápido y entero, y ya no tengo más. Si todavía tienes hambre, ve a cazar algo para ti mismo. Ahora ya puedes irte, vamos, ya vete, ahora yo también tengo que irme. Tamara se alista para seguir su travesía, era más temprano de lo acostumbrado, era su cuarta noche en camino a la libertad. Tamara se veía muy animada, más de lo usual. Algunas veces se animaba a correr. A este punto, Tamara no sabía que tenía compañía, era el perro que la seguía y cuando se dio cuenta, Tamara le dice: ¡eres tú! Nos volvemos a encontrar otra vez, me parece que tú no tienes dueño. Si ese es el caso, puedes venir conmigo, puedes hacerme compañía. Vente, vamos, caminemos juntos. Dime, ¿cómo te llamas? Olvídalo, te buscaré un nombre. Cuando el perro supo que no era rechazado, caminaba cerca de

Tamara. Los dos caminaban juntos. Tamara le dice al perro: te voy a contar algo, te diré que tan feliz me siento. ¿Sabes por qué? Porque te tengo como compañía y puedo platicarle a alguien. Tú sabes lo que quiero decir. Bueno, te diré que tengo un hijo, y tú y él serán muy buenos amigos, estoy segura de que los dos se llevarán muy bien, estoy segura de que tú lo vas a querer mucho, estoy segura de eso. Fíjate que no lo he visto hace mucho tiempo, no sé qué tan grande este, pero pensar que lo veré pronto me hace sentir muy feliz, aunque al mismo tiempo, siento algo extraño dentro de mi cuerpo, no sé cómo explicarte, es una sensación inexplicable y me pregunto qué tal si él ya no me reconoce, qué tal si el olvidó a su madre. No sé ni a quién se parece, no sé cómo sea. Bueno, pienso muchas cosas que no tienen respuestas, pero hasta estar junto a él lo sabré. ¿Tú que piensas amigo? Bueno no tienes que contestarme nada, yo sé que entiendes lo que te quiero decir, yo sé que quisieras decirme algo, pero pues no puedes. Así Tamara y el perro caminan juntos hasta el amanecer, y como los días anteriores, buscan lugar para descansar. Los dos se recostaron, el perro se quedó cerca de Tamara como si estuviera cuidándola, y así descansan hasta el nuevo día. Cuando Tamara despierta, se sienta y con sorpresa veía que el perro estaba a su lado. Tamara le dice al perro: amigo, ¿estás todavía aquí? Bueno, déjame decirte qué es lo que vamos a hacer... Ahora mismo vamos a hacer lo posible por conseguir alimentos de alguna manera o de otra, porque yo tengo mucha hambre, seguramente tú también. Pero te diré que no será fácil, la primera vez que pedí comida no tuve problema alguno y ¿tú sabes por qué? porque esas personas que me dieron alimentos eran unos buenos cristianos y eran muy buenas personas. Pero ahora no sé si correremos con la misma suerte que tuve la primera vez. Tenemos que tratar de alguna manera y a ver qué pasa, yo voy a hacer la misma cruz, se las enseñaré y de esa manera no pensarán tan mal de mí. Tan pronto como Tamara vio la primera casa, caminó hacia ella y haciendo su cruz de palo con dos pedazos de madera, se acercó a la casa. Cuando estuvo frente a la puerta tocó, el perro estaba a su lado, un hombre fue quien abrió la puerta y tan pronto como vio a Tamara con la cruz de madera, la miro con una mala actitud y en su cara se reflejaba enojo. De repente grita: ¿qué es lo que quieres?

Tamara no respondió, y por el mal comportamiento del hombre, ella se espantó, bajo su cabeza, y el hombre de la casa le dijo: ¡largo de aquí ahora mismo, si no quieres que yo mismo te saque a patadas! El hombre no dijo nada más y cerró azotando su puerta. Tamara espantada, se alejó rápidamente de ahí para continuar su larga jornada. Ya viste, le dijo a su perro, te dije que no iba a ser fácil, la gente no es la misma. Ese hombre me espantó, tal vez actuó de esa manera porque tiene problemas y nosotros llegamos en mal momento o tal vez ya sea así su carácter. Bueno, quién sabe que tenga y no lo vamos a averiguar.

Cuando eso pasa, la gente no quiere hablar ni que le hablen, así se veía ese hombre, de mal humor para hablar con la gente. Bueno tenemos que tratar otra vez, necesitamos comida y debe de haber alguien quien se compadezca de nosotros. No muy lejos de allí, Tamara vio otra casa, se acercaron rápidamente y como de costumbre, Tamara agarró su cruz de madera, tocó la puerta, pero nadie le contestaba, tocó más fuerte y la segunda vez sin suerte, decidió irse. Y le dice al perro: como ves, este día no tenemos suerte, parece que esta noche nos quedaremos con el estómago vacío. Pero esto no es buena idea, tengo mucha hambre. Tamara se tocaba el estómago y decía al perro: mira, está completamente vacío y estoy segura de que tú estás de la misma manera que yo. Tenemos que tratar otra vez, y si esta vez nos niegan la comida, nos daremos por vencidos. Y así caminaron por la noche con el estómago vacío. Pero en cuanto vio otra casa, se dirigieron sin demora, se acercaron a la casa y estando en la puerta del frente con su cruz en sus manos, se la muestra a un anciano. Él sonrío y les abrió la puerta muy rápido. Le dice a Tamara: Pásate por favor, pásate, pero ¿qué haces tú sola a estas horas? es peligroso para una mujer caminar sola. Ahora dime, ¿qué puedo hacer por ti? Tamara le responde: no estoy sola, Dios está conmigo, estoy perdida y estamos hambrientos. Él me cuida, y solo necesitamos una poca de comida, no tengo dinero para pagarle, pero, a cambio puedo limpiarle la casa. El anciano dice: pero pásate, no te quedes parada ahí afuera. Tamara se le quedó viendo al perro y el anciano entendiendo el mensaje, le dijo: no seas tonta, trae a tu perro. A mí me gustan los perros. Como ves, yo vivo aquí solo después de que perdí a mi esposa. Ella murió y nunca pudimos tener hijos. Discúlpame por contarte estas cosas que tú no quieres saber, no te diré más para no aburrirte. Tú y tu perro están aquí por alimentos y eso es lo que vas a tener. Tamara le dice a el anciano: ¿quiere que lo ayude a limpiar su casa? porque no tengo dinero. El anciano contesta: no te preocupes por eso, los alimentos no te van a costar nada, yo he estado en la misma situación y sé lo que es no tener qué comer. A veces alguna gente, me ha dado alimentos cuando he tenido hambre y les he estado muy agradecido por lo que han hecho por mí. Ahora tengo la oportunidad de ayudar a alguien que lo necesita. Cuando yo les ofrecí dinero para pagarles, me han dicho, no pagues nada, mejor cuando tengas oportunidad de ayudar a alguien, hazlo. Así que por favor déjame ayudarte, es mi oportunidad de hacer un bien. Tengo alimentos preparados, no son de gran calidad, pero ayudará a apaciguar el hambre. Espero que te guste, me tardaré unos pocos minutos en calentarlos. Tamara le dice al anciano: por lo menos permítame ayudarle a hacer algo, usted dígame qué hago. El anciano le dice: no me ayudes por favor, déjame tratarte de la misma manera que a mí me han tratado y me sentiré feliz al haberlo hecho. No recuerdas aquellas bellas palabras de Jesucristo, cuando les dijo a sus discípulos: Si alguno tocara a tu puerta y no le abres, en realidad al que no le abres es a mí. Si alguien tiene hambre y lo alimentas, es como si tú me estuvieras alimentando a mí. Tamara le dice al anciano: es verdad, muy sabias palabras y muy hermosas. El anciano fue a calentar la comida, entonces arregló la mesa y trajo los alimentos calientitos. El anciano le dice a Tamara: ándale, come lo que gustes. A tu perro le traeré una cazuelita para que él también coma. Tamara comenzó a comer comida calientita con un poco de pan, y cuando ella ha terminado de comer, el anciano le ofrece café caliente con azúcar y una rebanada de pan. Cuando Tamara estaba saboreando su café y su pan, le dice el anciano: ahora dime, ¿para dónde te diriges? Ella pausó con sus alimentos por un momento y miró el anciano. Y éste dijo: está bien, no tienes que decirme hacia dónde te diriges si tú no quieres decirlo. Tamara se tomó su último sorbo de café y le dijo al anciano: voy a Suiza, hacia la frontera de Suiza. El anciano le preguntó: ¿estás huyendo de tu marido? Tamara sonrío un poco y le contesto: no, yo soy viuda, es una historia larga de contar, pero tengo un hijo viviendo con mis padres en Suiza y voy a reunirme con él. El anciano responde: ¿cuántos años tiene tu hijo? Tamara le dice no sé con exactitud, perdí la noción del tiempo. El anciano le dice a Tamara: creo entenderte esos bastardos te separaron de tu hijo cuando él era un bebé. Esos animales merecen ser castigados por su crueldad, son un desperdicio humano, una basura es lo peor que ha existido, solo son unos asesinos, no hay nombre para esos. Tamara se quedó callada. Miraba al anciano con una expresión muy triste en su rostro, y el anciano dice: lo siento, no quise traerte malos recuerdos. A lo que Tamara responde: no se sienta mal, está bien lo que dice, me sirve de terapia, es bueno a veces hablar de tus tristezas, recordar me hace sentir muy mal, pero al final te hace sentir bien. El anciano le dice: debe de haber sido muy terrible, espero que sanes pronto esas heridas que esos animales te causaron. Tamara le dice al anciano: bueno muchas gracias, todo estuvo delicioso, ahora es la hora de partir. Tamara miro al perro y le dice: vámonos amigo, el perro movió su cola sintiéndose muy feliz. Tamara le dice al anciano: no quisiera abusar de su generosidad, pero me gustaría pedirle un poquito de comida extra para nuestra jornada, porque es difícil conseguir en el camino, si es posible. Tú sabes que sí es posible, el anciano contesta. Por favor, toma lo que gustes, toma lo suficiente para los dos, lo necesitarás. Tienes dos días más para llegar a la frontera con Suiza. Tamara con ojos muy abiertos le pregunta: ¿de verdad? ¿solamente dos noches más? El anciano le contesta a Tamara: sí es verdad, dos noches más. Yo lo he hecho anteriormente y eso es lo que me ha tomado en llegar hasta allá. Y Tamara, feliz, puso comida en una bolsa, y le dice a su perro: ¿oíste eso? ¡¡ solo dos noches más!! Eso quiere decir que no tocaremos más puertas, con esto tendremos suficiente alimento hasta llegar a la frontera. Tamara le dice al anciano: que Dios lo bendiga, le agradeció mucho su generosidad. El anciano le responde: Dios bendiga tu camino y que tengas buena suerte. Tamara y el perro se van y se alejan en la oscuridad. Así camina por toda la noche sin problema alguno, está sería la quinta noche de su jornada. Ella se sentía cansada, pero al pensar que estaba muy cerca de su objetivo, le daba gusto y la llenaba de energía para seguir adelante. Parecía que le brotaban fuerzas dentro de su ser, quería lograr la meta que se había fijado. Lo más pronto posible, la luz del día siguiente se asomaba. Así que paró un poco para descansar como usualmente acostumbraba a hacerlo, y cuando el sol se escondía, Tamara continuaría su caminata, se reanimaba y le decía al perro: el anciano dijo que llegaríamos en una noche más a la frontera. En su caminata, encontró a un hombre caminando por el mismo camino y Tamara se atrevió a hablarle: Hola, y el hombre le respondió: ¿qué hace una mujer sola caminando a estas horas de la noche? es peligroso caminar sola. Tamara le dice al hombre: usted disculpe no vengo sola, conmigo viene un perro muy furioso y en cuanto alguien se quiere acercar o hacer algo, yo le ordenó que ataque y lo hace ferozmente. Como ve usted, no me arriesgaría a venir sola, así que él me cuida mucho todo el tiempo. El hombre pregunta a Tamara: ¿y para dónde se dirige? Tamara le dice: ¿qué tan lejos está la frontera de Suiza de aquí? y el hombre le responde: no estás lejos de la frontera, y el hombre, apuntando con su dedo hacia una montaña le dice si te vas por aquí, por este camino y subes a esa montaña y luego la bajas, podrás ver la frontera y hasta verás el lado de Suiza. Pero escúchame hay algo muy importante que tienes que saber acerca de esa frontera, antes de que la cruces, te diré que esa frontera está... Tamara no quiso escucharlo más y salió corriendo hacia donde el hombre le indicaba. Tamara le gritó: ¡gracias esto es todo lo que necesitaba saber! ¡Adiós! Tamara corre y camina muy deprisa, ya quería estar cruzando la frontera de Suiza. Mientras tanto, el hombre decía a sí mismo: ¡gente rara, no puedo creerlo! esta mujer no me dejó decirle que debe saber lo peligroso que es tratar de cruzar esa frontera. Tamara camina muy de prisa, en ocasiones corría, y subiendo la colina muy de prisa y agitada, logró alcanzar lo más alto de la cima, toda sudorosa y cansada no quería desperdiciar ni un minuto. Una vez ella en la cima, inmediatamente comenzó el descenso y el sol se asomaba a un nuevo día, pero ella no pensaba en descansar ella prosiguió sin descansar. Siguió parte del día y cada vez se acercaba más. Ella no sabía lo que encontraría al cruzar la frontera, pero ya estaba determinada en cruzar lo más pronto posible. Tamara seguía descendiendo la montaña y cuando llego a las faldas de la montaña, podía ver la frontera. Ella sonrío y brincaba de felicidad, lo celebraba con su perro y le decía: ¡¡ahí está, allí está!! ¿la ves? allí está la frontera y detrás de ella, la libertad amigo mío. No te puedes imaginar qué tan contenta estoy. Gracias Dios mío, gracias, y alzando sus manos al cielo le daba gracias a Dios. Ahora, le decía al perro vamos amigo, ¿que esperamos? ¿no ves que la frontera nos está invitando a que la crucemos? Vamos adelante, ¿qué es lo que estamos esperando? debemos de llegar y cruzar ahora mismo. Caminaban deprisa, y a la misma vez oraba dando gracias a Dios. Y decía: gracias, Dios mío, gracias por haberme permitido llegar a este punto, gracias por traerme aquí sana y salva, gracias por todo lo que has hecho por mí, esto es justamente lo que anhelaba. Dios mío, permíteme terminar mi sueño y permíteme cruzar esa frontera para alcanzar la libertad. Tamara estaba demasiado cansada, sangre brotaba de sus pies, pero ella no se detendría, a veces corría arrastrando su pie más lastimado, pero aun así no paraba. Solamente cuando el dolor era intenso paraba, descansaba por unos minutos y seguía, nunca se daba por vencida, seguía su caminata y su lento trotar. Tamara y el perro se encontraban cerca de la frontera. Tamara le decía a su perro: vamos amigo, lleguemos de una vez, en corto tiempo estaremos cruzando y seremos libres para siempre. No puedo esperar más estar del otro lado de Suiza. ¡Vamos, vamos, solo unos minutos más para llegar! La escena era triste, viendo a Tamara cómo sangraba y cómo arrastraba sus pies, que ya casi no le ayudaban, y su fiel perro a su lado como si él también lo estuviera gozando. Así se acercaban más y más a la frontera. Cuando Tamara se alistaba a cruzar la frontera hacia Suiza, pudo escuchar que alguien le gritaba, era un suizo que del lado de Suiza le gritaba: ¡Detente, detente! le decía. ¡¡Heyyy!! ¡¡espera, espera!! ¡¡no te atrevas a cruzar!! ¿me escuchas? Cuando el hombre suizo vio que Tamara no paraba, sacó una pistola e hizo varios disparos al aire. Tamara tuvo que pararse y cayendo de rodillas en el piso decía a sí misma: ¡¡¡No Dios mío, me han encontrado!!! ¡¡¡No!!! ¡¡¡no!!! ¡¡¡no quiero regresar!!! ¡mejor prefiero morirme que regresar al campo de concentración nazi! ¡quiero que me maten aquí, es mejor para mí! y les gritaba: ¡vamos mátenme de una vez, no quiero regresar a ese infierno! ¡¡no!! ¡¡no!! Tamara pensaba que, en ese instante, había sido encontrada por los guardias Nazis y que seguramente sería recapturada y regresada al centro de concentración. Pero en realidad, no era así como ella pensaba, no era así. El que había disparado al aire, era un suizo que se encontraba del lado de Suiza, y que estaba tratando de prevenirla para que no cruzara la frontera que estaba minada. Y Tamara golpeaba el piso con sus manos y decía: ¡mátenme, mátenme, no quiero vivir más! ¡no quiero regresar! Hubo un momento de silencio, y cuando Tamara no escuchó más ruido, se pudo calmar un poco y dejó de golpear el piso. Fue levantando su rostro lentamente. Ella esperaba ver a los guardias, pero nadie había a su alrededor, y movía su cabeza buscando quién había hecho los disparos, pero no había nadie cerca de ella. Tamara se levantó y miraba en todas direcciones como buscando a alguien, pero nada más estaba ella y el perro. Tamara le dice a su perro: ¿quién ha hecho esos disparos? yo no veo a nadie, creo que me lo he imaginado todo. Tamara caminó unos pasos adelante, y cuando alguien le gritó otra vez, ella paró para averiguar de dónde venían esos gritos. El suizo le decía a Tamara: ¡para, para! ¡no trates de cruzar la frontera! El semblante de Tamara cambió cuando supo que era un hombre suizo el que se estaba dirigiendo a ella para convencerla de que no cruzara la frontera. Cuando el suizo platicaba con Tamara, el perro seguía caminando. Y de repente una mina explotó, matándolo instantáneamente frente a sus ojos. Tamara quiso correr hacia el perro, pero paró, y se dio cuenta de lo peligroso que era cruzar esa frontera. Tamara miró al suizo y este le dijo: ¿ya lo viste? eso es lo que trataba de decirte... como ves, esta frontera esta minada, no es segura cruzarla. Las últimas cien yardas están minadas. Tamara le dice al suizo: tengo que cruzar, ellos vienen tras de mí, es por eso que tengo que cruzar. Y el suizo le contesta: te vas a matar tú misma, no lo hagas, ¿no viste lo que le pasó a tu perro? Tamara le dice al suizo: no me importa, tengo que tratar, aunque la vida me cueste, de una manera u otra voy a cruzar. Tamara comienza a cruzar la frontera y el suizo le dice: está bien... espérate... si estás decidida a cruzarla, tienes que seguir estas instrucciones: hazlo muy lentamente, tienes que avanzar sobre tus rodillas y tienes que mirar la tierra suelta. Toma un pedazo de palo y con eso puedes buscar minas, ve preparada y de pulgada por pulgada, asegurándote del siguiente movimiento. Tienes que buscar por tierra suelta porque ahí puede estar una mina. Tamara en una voz muy baja se decía: Dios mío, ayúdame tú me has traído hasta aquí, tan lejos por una razón. Lo dejo en tus manos, si quieres que muera, o, si quieres que viva, que se haga tu santísima voluntad, yo lo acepto. Y así, seguía cruzando las últimas cien yardas para llegar a ser libre. Lo estaba haciendo como le fue dicho por el suizo. Fue avanzando pulgada por pulgada, así le tomaría mucho tiempo. Y pasaban los minutos y las horas, sin ninguna novedad. Después de más de dos horas, se veía que había avanzado muy poco... Mientras, en el otro lado, en el lugar suizo, dónde vivían los padres de Tamara con su nieto, Michael el hijo de Tamara, vivía en una casa pequeña, todos vivían una vida normal. El pequeño

Michael era el centro de la vida de los abuelos que lo amaban tanto, y Michael les decía a sus abuelos: Abuelo, abuela, ¿puedo ir a jugar con mis amigos? y ellos le respondían, seguro que sí puedes ir a jugar con tus amigos, solamente asegúrate de que lo hagan bien, de forma muy segura. Y compórtate bien. La abuela le pregunta a Michael, ¿has hecho la tarea de la escuela? Michael respondía: sí abuela ya la hice, ¿ahora puedo ir a jugar con mis amigos? La abuela dice: si cariño, puedes ir. Ahora solo una cosa te pido por favor, tengan mucho cuidado de ese río, no se acerquen mucho, ese río me da miedo. Michael le dice a la abuela: no te preocupes abuela, estaremos bien. El abuelo le dice a Michael: uno de estos días, voy a ir a jugar con ustedes y les enseñaré cómo se juega el fútbol. Cuando yo era joven, era muy buen jugador. Y Michael salió corriendo con sus amigos a jugar, se veía tan feliz junto con sus amigos. El abuelo le dice a la abuela: Michael es tan inteligente y además tiene muy buenas calificaciones y sus amigos lo quieren mucho. Siempre he pensado que, si su mamá viviera, estaría tan orgullosa de su hijo, pero nunca supimos si ella vive. A la abuela se le rodaron las lágrimas recordando a su hija, el abuelo se le acercó, la abrazo tiernamente, tratando de consolarla. El abuelo le dice a la abuela: ¿sabes? yo estoy tan orgulloso de mi nieto, además él se parece a mí, los dos somos muy inteligentes, los dos somos muy guapos, caballerosos. ¿tú qué crees? ¿estoy en lo cierto o estoy equivocado? La abuela contesta: claro, por supuesto. El abuelo agrega: ¿no te acuerdas que tan guapo era yo? es por eso que tú me escogiste ante todos mis amigos. La abuela dice: no sé por qué lo hice, aunque me haya casado contigo creo que estaba ciega en esos tiempos. El abuelo a la abuela: tú te casaste conmigo porque yo era el mejor parecido y además el más fuerte de todo el grupo, dime, ¿qué no? La abuela afirma: mira, si no hubieras sido tan guapo, no hubiéramos tenido a la hija más bonita del mundo, nuestra hija es tan bella. ¡Que daría por saber de ella, si vive o si murió! La pareja se abrazó y guardaron silencio por un rato, se pusieron tristes. Y el abuelo le dice a la abuela: me pregunto, ¿por qué nunca más supimos de ella? ¡Para nada! El sacerdote que nos trajo a Michael, no nos quiso decir nada acerca de Tamara, lo único que nos dijo es que Tamara estaba viva y bien de salud y nos dio todo ese dinero que nos mandó tu hija. Si estuviera viva trataría de comunicarse con su hijo o por lo menos escribir una carta, ella hubiera podido comunicarse con nosotros. ¿por qué nunca lo hizo? Es que ha pasado tanto tiempo sin saber de ella. La abuela contesta: solamente Dios sabe, y yo le pido por mi hija a diario, que donde quiera que se encuentre, esté bien. No estoy segura, pero yo tengo el presentimiento de que ella aún está viva y nadie me va a hacer cambiar de opinión. Acuérdate que las madres tenemos un sexto sentido, yo soy su mamá y tengo el presentimiento de que aún está viva, y estoy segura de que cualquier día, ella se comunicará con nosotros. El abuelo le dice: que Dios oiga tu plegaria y que estés en lo correcto de ese sexto sentido del que tú hablas. La pareja se abraza. Mientras tanto, en el otro lado, en la frontera de Suiza...Tamara luchaba tratando de cruzar las ultimas cien yardas, toda sucia, sudorosa y cansada, oraba así: Dios mío, no me abandones, sabes la razón de por qué quiero vivir, mi hijo, la razón de mi vida, permíteme ver una vez más a mi hijo, después ya puedes disponer de mi vida. Tamara sudaba en abundancia, de vez en cuando paraba debido al cansancio, era muy peligroso lo que hacía, tenía que ir de rodillas todo el tiempo, sabía que tenía que ser muy cuidadosa en cada uno de sus movimientos y ella sabía que en cualquier momento una de esas minas podría explotar. Las horas pasaban muy lentas, Tamara levantó la cabeza para ver qué tanto le faltaba para llegar al final, y de repente vio mucha gente del lado suizo que se había reunido. Ellos veían todos los movimientos que Tamara hacía, miraban aterrorizados la forma en que lentamente Tamara avanzaba, tomaba pequeños descansos de vez en cuando. Notó que había mucha gente del lado suizo esperándola, y con miedo de que algo le fuera a suceder, sostenía su respiración. Tamara de rodillas, con su pedazo de madera buscando por tierra suelta como le había indicado el suizo, parece que ha avanzado muy despacio por mucho tiempo. Y así el tiempo pasaba, y horas después, se veía cansada, exhausta, con mucha sed, sudando mucho. A veces parecía que se daba por vencida, se recostó por unos segundos y los espectadores miraban la escena con mucho miedo, no comentaban mucho, oraban en silencio. El suizo le gritaba: ¡no te recuestes, eso es peligroso, debes de continuar! ¡tú puedes hacerlo, vamos un poco más! ¡después de que cruces, aquí descansaras lo que quieras! ¡sigue buscando la tierra suelta! ¡vamos, vamos, ya casi lo logras! Tamara continúa y después de varias horas, casi llega a la orilla de la frontera. Tamara sacaba fuerzas desde dentro y repetía muy seguido el nombre de Michael. Michael, mi bebé, hijo mío voy hacia ti. La gente del otro lado, en Suiza, viendo que Tamara se acercaba a la orilla, comenzó a alentarla de muchas maneras. Y después de más de ocho horas, finalmente, con mucho dolor, sufrimiento, fe y determinación llega al final de la frontera, dando por terminada su jornada, alcanzando la meta que se había propuesto. Muchas manos la quieren ayudar a reincorporarse y lo celebran en grande. Finalmente, Tamara estaba libre de los Nazis y mucha de la gente que la esperaba corrió hacia ella para felicitarla. Parecía una fiesta toda esa gente brincaba y bailaba por la victoria de Tamara, como si fuese un familiar, toda esa gente se veía feliz por lo que habían visto. Tamara, todavía de rodillas, levantó sus manos hacia el cielo diciendo: Dios mío gracias, que tu santo nombre sea bendito por siempre y para siempre, amén. Tamara no podía levantarse, tuvieron que ayudarla y cuando estaba parada, levantó sus manos al cielo en señal de triunfo. Toda la gente que se había reunido lo celebraba junto con ella. Tamara soltó un fuerte grito, y dijo. ¡¡¡Soy libre!!! ¡¡¡libre!!! ¡¡¡soy libre otra vez!!! ¡Michael, mi hijo ya voy en camino a verte! Una ambulancia la esperaba para ser llevada a un hospital. Una vez en el hospital, la llevan a un cuarto para ser examinada, un doctor y dos enfermeras la esperaban. El doctor le dice: ¡hola! ¿cómo se encuentra? ¿cómo se siente? Tamara dice estoy muy cansada, tengo mucha sed, y también tengo hambre. El doctor ordenó a las enfermeras ayudarle a que se limpiara, que se diera una buena aseada y que le dieran ropa limpia para que se pudiera cambiar. Y después de que coma, la podremos examinar. Ahora mismo denle agua. Las enfermeras responden: está bien doctor ahora mismo le daremos agua. Y Tamara se la toma desesperadamente. Enseguida, es llevada a la regadera, y mientras se aseaba, las enfermeras le van a traer una bata limpia. Después de todo eso, la llevan de regreso con el doctor y este le dice: bienvenida seas, ve a que te den algo de comer. Después de que ha comido le dice el doctor: ¿Cómo te llamas? Ella responde: Tamara Milok. El doctor le hacía preguntas, a la vez qué la examinaba: ¿Y cuántos años tienes? Tamara responde: no estoy segura. El doctor le dice: ¿dónde te duele? Tamara le dice al doctor: me duele todo mi cuerpo, me siento como si un tren hubiera pasado sobre de mí. El doctor le pregunta: ¿algún dolor en particular? Creo que son mis pies, los traía sangrando e hinchados, y ahora es difícil poner mis pies sobre el piso. El doctor le pregunta: ¿por cuánto tiempo has caminado? Tamara responde: he caminado y corrido por seis noches. Cuando Tamara dijo "seis noches", el doctor y las enfermeras se miraron unos a los otros sorprendidos. El doctor seguía cuestionando a Tamara: ¿y de dónde vienes? Tamara le responde al doctor: de...

de... un... de esos centros de concentración Nazi. Las enfermeras sorprendidas con ojos muy abiertos dicen: ¡Oh Dios mío! El doctor, después de examinarla le dice a Tamara: bueno señorita, usted va a estar bien en poco tiempo, no tiene ningún hueso roto o nada serio. Lo que usted necesitará es mucho descanso y unas buenas vitaminas y de aquí en adelante, una buena alimentación para tratar esa anemia que trae. Pero por lo pronto estarás bien, les daré instrucciones a las enfermeras de cómo debe ser tratada, usted tiene que seguir las instrucciones y cooperar con ellas para que se lleven a cabo. Por ahora, esté segura de que no morirá de esto. Yo regresaré mañana para ver cómo se encuentra, ¿de acuerdo? Entonces, te veo mañana descansa y espero que te sientas mejor. Descansa mucho. Tamara se dirige al doctor: muchas gracias. El doctor sonrió y salió del cuarto. Seguido, la enfermera le pregunta al doctor: ¿Cómo se encuentra clínicamente? El doctor le dice a la enfermera: bueno es fácil saberlo, ella está muy débil, muestra una anemia muy severa debido a la mala nutrición que ha tenido por mucho tiempo. Ella es una señorita muy fuerte, ha sufrido mucho, así que le pondrán inyecciones con vitaminas cada cuatro horas. Vamos a hacer esto por unos días y veremos qué tan pronto se recupera. Ella es una guerrera. La enfermera le dice al doctor: muy bien, voy a asegurarme que su alimentación sea la correcta. El doctor regresa al cuarto de Tamara y le dice: usted va a tener unas inyecciones de vitaminas, con comida buena y mucho descanso. Tamara le dice: le quiero decir que me gustaría salir de aquí lo más pronto posible. El doctor le pregunta: ¿y por qué dices eso? ¿no te gusta este lugar o qué? Mira, primero déjanos ayudarte, entonces cuando ya estés bien te puedes ir, ¿de acuerdo? Tamara le dice al doctor: está bien doctor, pasaré esta noche aquí pero mañana debo partir, debo terminar mi jornada. Él le dice: mira, tú necesitas por lo menos cinco días de cama, para que la hinchazón del pie se te baje. Tamara responde: créame doctor, estaré bien para mañana. Es más, ahora ya me siento bien, todo lo que necesitaba era comida, agua y descanso. El doctor le cuestiona: ¿por qué quieres irte tan temprano? ¿cuál es la prisa? Aquí estás segura, nada te va a pasar, esos malvados no te podrán molestar más, así que no te preocupes. Tamara le cuenta al doctor: tengo un hijo, él me ha estado esperando desde hace mucho tiempo, quisiera llegar con él lo más pronto posible. El doctor le dice: ¡oh tienes un hijo! Y ella responde: sí, es por eso que me quiero ir de aquí lo más pronto posible. Ahora usted me entiende porque tengo tanta prisa. Él responde: sí, ya entiendo, pero también tienes que entender que no estás en condiciones óptimas para viajar, debes recibir el tratamiento para prevenir complicaciones, y de una cosa estoy seguro, que no morirás por ahora. El doctor y las enfermeras sonrieron. Tamara dice: ¿eso quiere decir que mañana me voy a casa? El doctor le dice a Tamara: eso creo, no tenemos otra alternativa ¿o sí? Le daremos gusto a la sobreviviente del holocausto. La enfermera le dice a Tamara: te daré inyecciones de vitaminas antes de dormir y también el antibiótico, para prevenir alguna infección en sus pies porque estuvieron sangrando y expuestos por mucho tiempo a la intemperie. Y ya la dejaremos lista para mañana. Tamara le dice al doctor: durante todo el tiempo que pasé en el centro de concentración Nazi, tenía siempre un deseo, y quisiera realizarlo. El doctor le dice a Tamara: ¿qué cosa es? tal vez te pueda ayudar. Tamara le responde: sí, si puede. ¿me podría traer a un sacerdote? Necesito una confesión. El doctor le dice a Tamara: ¿necesitas confesarte después de todo lo que has pasado? Bueno, si ese es tu deseo, seguro que sí. Te consigo un sacerdote para que te sientas mejor. Tamara enseña una sonrisa en su rostro. El doctor afirma: te conseguiré a un sacerdote lo más pronto posible, por ahora me tengo que ir y te veré mañana. El doctor dejó el cuarto y la enfermera va a decirle a Tamara: si vas a usar el baño, adelante, yo mientras te traeré algo para que te pongas. La enfermera regresa y le dice a Tamara: no te vistas todavía, tengo algo para ti, porque la ropa que traes está muy sucia. Toma esta ropa mía, está limpia, no es nueva, pero estoy segura que sí te vendrá. Tamara se puso la ropa y salió del baño. La enfermera la esperaba afuera y cuando vio a Tamara le dijo: ¡mira qué bonita te ves! ¡esto te quedó a la perfección! Bueno, un poquito más grande, pero se te ve muy bien, tu esposo va a estar muy contento cuando te vea tan bonita. Tamara bajo su cabeza y dijo: a mi esposo lo mataron antes de que mi hijo naciera. La enfermera le dice a Tamara: lo siento mucho, no quise lastimarte, no quise traerte tristes memorias, discúlpame. Tamara le dice a la enfermera: no te preocupes, ya me iré acostumbrando a ese tipo de preguntas. La enfermera responde: debe ser terrible estar en un centro de concentración Nazi. Tamara se mantuvo callada por un momento, como si viviera los recuerdos de lo que le pasó en el pasado, y Tamara le dice a la enfermera: sí es muy triste, allá es el infierno, hay mucha gente inocente, mucho dolor, mucha injusticia, los guardias cometen muchos crímenes y les es permitido hacerlo. Es demasiado difícil, no puedo describir qué tanto sufrimiento hay. Tamara pausa por un momento y la enfermera no se movía, estaba aterrada por lo que estaba escuchando. Se le quedó mirando a Tamara y está le dice: es muy difícil hablar de esto. La enfermera le dice: no tienes que decir más, espero que lo olvides pronto. Tamara responde: debería de haber una ley en el mundo para evitar que esto esté pasando, todas esas injusticias, matanzas de gente inocente, muchas de nosotras nunca supimos porque estábamos ahí, muchas nunca han sido juzgadas o condenadas, es muy difícil estar ahí cuando eres inocente, quisieras gritar para pedir ayuda, quisieras preguntarle a alguien: ¿por qué? ¿por qué pasa todo esto? Pero, ¿con quién se queja uno? si todo mundo está en contra. Jamás encontrarás una respuesta o alguien que te escuche, porque ahí la justicia no existe, no la conocen. Las lágrimas de Tamara se le rodaban por la cara, la enfermera la tomo de las manos para consolarla y le dice: me alegra tanto que estés libre. Ahora, vamos a ver lo que dejó el doctor para ti. La enfermera se fue a preparar la jeringa y le dice a Tamara: te voy a inyectar unas vitaminas, esto te ayudará a recuperarte de tu anemia, debes tener una de estas diario cuando llegues a tu casa. La enfermera inyecta a Tamara, la otra enfermera prepara sus alimentos y los trae al cuarto y le dice: ya he venido con una comida calientita y deliciosa, ¿lista para que comas? Tamara le dice a la enfermera: sí estoy lista, pensé que nunca vendrías con la comida, tengo mucha hambre. Y así, Tamara tomaba sus alimentos lentamente, saboreándolos. Cuando la enfermera le dice a Tamara: te dejaremos un rato sola, tenemos que ir a ver a otros pacientes, si necesitas algo llámanos y una de nosotras vendrá a atenderte. Tamara le dice a la enfermera: ¡Mmm... esto está delicioso! ¡gracias a las dos! ¿cómo les pagaría? todos aquí son tan buenos conmigo y les estoy muy agradecida a las dos. Y las enfermeras se alejan del cuarto. Cuando Tamara termina de comer, se recuesta en la cama para descansar por unos minutos. El sacerdote ha llegado al cuarto de Tamara, este toca la puerta. Tamara abre sus ojos cuando oye que tocan en la puerta y dice: adelante, la puerta está abierta. El sacerdote abre la puerta lentamente, se acerca a Tamara y cuando está frente a ella le sonríe y le dice: hola, tú debes ser Tamara Milok. Tamara dice: sí, yo soy, y usted debe ser el sacerdote. Éste dice a Tamara: ¿tú cómo lo sabes? Tamara responde: por la sotana que está usando. El sacerdote le dice: soy el padre Tovar, me dijeron que alguien quería hablar conmigo, y que fuese lo más pronto posible porque ya casi se muere esta persona y quieren que te aplique los santos óleos, ¿eso es verdad? porque yo no veo por aquí a nadie que se esté muriendo, solamente estás tú y tú te ves muy bien. Tamara sonrío y dice: gracias, padre por haber venido, quería que este momento llegase, pero no sabría cómo comenzar. El sacerdote la toma de las manos y le dice: está bien, solamente relájate y ahora dime, ¿en qué puedo ayudarte? porque para eso estoy aquí, para ayudarte. Tamara le cuenta al sacerdote: estuve presa en un centro de concentración Nazi por mucho tiempo, en todo ese tiempo yo fui abusada sexualmente y me siento una basura, he podido sobrevivir a esto por mi fe en Dios y por el amor a mi hijo. Yo he tenido tres deseos en mi mente todo este tiempo en que estuve presa. Tres deseos me mantuvieron con vida y ya he cumplido uno de ellos, escapar de ese infierno y hoy quisiera cumplir el segundo deseo. El sacerdote le dice: ¿puedo saber en qué te puedo ayudar para que cumplas tu segundo deseo? Tamara dice: quisiera que usted me impartiera la confesión y la absolución de mis pecados, y así poder tomar la santa hostia. El sacerdote le dice: pero es que hija mía, tú no necesitas confesión alguna. Con todo ese sufrimiento que pasaste en ese horrible lugar, puedo decirte con seguridad que, si fueras a morir hoy en esta noche, de seguro te irías al cielo. Pero si una confesión te hace sentir mejor, seguro que tomo tu confesión ahora mismo sin ningún problema. Tamara dice: sí padre, quiero hacerlo ahora mismo. El sacerdote le dice a Tamara: después de tu confesión, podré asistirte con la santa comunión. Venía preparado para esto, a ver, comencemos... en el nombre del Padre, del Hijo y del espíritu santo. Ahora dime tus pecados... y así, Tamara tomó la confesión, y el sacerdote le dio la absolución. Después de unos minutos, el sacerdote le dice a Tamara: ahora puedes comulgar. Tamara le dice al sacerdote: no, aún no estoy lista, solo deme un par de minutos. Tamara se arrodilló y dijo una oración para que sus pecados le fueran perdonados. Entonces dijo: ahora sí estoy lista padre, para tomar la santa comunión. El sacerdote dice: cuando Jesucristo en la última cena ha terminado, tomó el pan lo partió a sus discípulos y dijo, este es el cordero de Dios que quita el pecado del mundo, dichosos los invitados a esta cena, hacerlo en memoria mía, este es el cuerpo de Cristo. Tamara toma la comunión, y dice: amén. Así de esta manera, Tamara cumple su segundo deseo. Pero aún necesitaba cumplir su tercer deseo, que era el volver a ver a su hijo Michael. El sacerdote se acercó a Tamara y le dice: ¿te sientes mejor? espero que sí, que Dios te bendiga. Tamara responde: me siento mucho mejor, puedo sentir a Cristo en mi corazón, me siento como si hubiera renacido, me siento limpia por dentro. Gracias padre, estoy tan feliz. El sacerdote le dice a Tamara: es tu fe en Dios lo que te hace sentir feliz, cómo quisiera que todos nosotros tuviéramos esa fe que tú tienes y nuestro mundo sería mucho mejor. Tamara responde: padre cuando todo esto comenzó, pensé que Dios no existía, me quejé con él, le protesté, le llegué a decir: si en verdad fueras mi padre, no me tratarías así. Me fui calmando y el dolor que sentía me hizo que buscara protección, ¿pero a quién pedirle esa protección? Sí claro tenía que ser alguien poderoso, y ahí estaba Dios para mí, pude sentir su presencia y fui adquiriendo la paz interna. Fue desde entonces que me he dedicado a alabarlo y bendecirlo, y esperar que me deje ver a mi hijo una vez más. El sacerdote le pregunta a Tamara: ¿y tu esposo? Tamara dice: mi esposo fue muerto por los Nazis, él no hizo nada para merecer que lo mataran, ni yo hice nada malo. El sacerdote dice: siento mucho lo sucedido. Tamara responde: todo está hecho, ahora la vida debe de continuar de acuerdo con la voluntad de Dios. Por un rato los dos quedaron en silencio. Tamara se atrevió a decir: ahora tengo un deseo más que cumplir. El sacerdote le dice: yo sé, ¿quieres ver a tu hijo verdad? Tamara: sí, quisiera avisarles que voy en camino a casa, pero no tengo dinero para mandarles un telegrama. El sacerdote dice: no te preocupes, por eso yo les mandaré un telegrama, para que sepan que vas camino a casa. Dame la dirección a dónde mandarlo. Tamara escribió la dirección en un papel y el sacerdote le pregunta: ¿necesitas algo más? Tamara dice: ha hecho usted todo lo que yo necesitaba, muchas gracias. El sacerdote le dice: nada más hice lo que debo de hacer, me alegra que he podido ayudarte, nada más dime, ¿cuándo llegarías con tus padres? Tamara le dice: el doctor dijo que ya mañana me puedo ir, así que, si salgo temprano, llegaré mañana con mis padres y mi hijo. El sacerdote dice: me alegro por ti, yo mismo te llevaré a la estación del tren. Tamara besó la mano del sacerdote y le dice: jamás olvidaré lo que ha hecho por mí. El sacerdote dice: de nada hija, es mi deber, ahora tengo que irme para mandar ese telegrama y te compraré tu boleto de tren. Así que descansa, y que tengas una buena noche, te veo mañana. El sacerdote salió del cuarto, se encuentra con la enfermera, y el sacerdote le dice: cuídala y prepárala para que esté lista para mañana. Cuando la enfermera entra con Tamara, le dice: ¿cómo estamos por aquí? Tengo que ponerte un poco de suero antes de que te duermas, y dejarte lista para que puedas partir mañana. La enfermera le aplicó el suero y le dice: ahora ya puedes dormir en paz, no te molestaré más. Descansa, que duermas y que descanses, buenas noches te veré mañana. Tamara le dice: muchas gracias por todo, y Tamara cierra sus ojos, duerme toda la noche en paz. Al siguiente día, muy temprano, cuando Tamara despertó, había doctores y enfermeras dentro de su cuarto. Y su doctor le pregunta: buenos días, ¿pudiste descansar bien? Tamara lentamente se sienta y ve todo a su alrededor, se sorprende al ver tanta gente reunida y dice: buenos días, y todos los demás le responden: buenos días. Y Tamara dice: ¿qué pasa aquí? ¿por qué tanta gente? El doctor le dice: nos hemos reunido aquí para enseñarte nuestra simpatía y que sepas que nos preocupamos por ti. Tamara se quedó muda y unas lágrimas brotaron de sus ojos. La enfermera le dice: aquí todos los reunidos hemos colectado un dinerito, no es mucho, pero, queremos ayudar un poco y creemos que te será muy útil. La enfermera se acercó, la abrazo y le dio el dinero reunido, y le dice: todos nosotros aquí reunidos te deseamos buena suerte, y decirte que ya no estarás sola porque estaremos contigo presentes con nuestras oraciones. Tamara sonrió, y otra enfermera se acerca y dice: todos aquí presentes, te hemos comprado una poca de ropa, lo que está aquí dentro de esta valija, te lo damos con mucho amor. Tamara se veía muy contenta porque se había reunido todo el personal para darle los presentes y para despedirse de ella, y empezaron a salir del cuarto. Poco a poco, Tamara se dirigió a todos diciéndoles: esperen, esperen por favor, todos pararon, y ella les dice: solo quiero agradecerles todo lo que han hecho por mí, no tengo las palabras correctas para agradecerles esta demostración tan linda, solo puedo decirles gracias desde el fondo de mi corazón. Después de eso, todos los presentes salieron menos el doctor... Mientras tanto, en otro lado, justamente en la casa de los padres de Tamara un hombre estaba tocando a la puerta y efectivamente era el telegrama que el sacerdote había puesto a la abuela. Se dirige a abrir la puerta, y el hombre pregunta: ¿Michael Milok vive aquí? Ella responde: sí, aquí vive, es mi nieto, ¿quién lo busca? Vengo a entregar un telegrama para él. La abuela sorprendida dice: él no se encuentra por ahora, anda jugando por ahí con sus amigos, ¿podría yo recibirlo por él? El hombre le dice: por supuesto que sí, solo necesito que me firme aquí, ya sabe, es un requisito. La abuela estaba nerviosa por el contenido. El mensajero antes de retirarse dio las gracias y dice: que tenga un buen día. La abuela cerró la puerta y tenía el telegrama en sus manos, muy nerviosa, no se atrevía a abrirlo, parecía tener miedo y las manos le temblaban. El abuelo gritó: ¿quién era? La abuela no contestó, estaba sorprendida y se preguntaba de dónde venía el telegrama. El abuelo se acercó a ella y pregunto: ¿qué es eso? La abuela sosteniendo el telegrama en sus manos le dice: es un telegrama. El abuelo también se sorprende, y una vez más pregunta: ¿un qué? La abuela repite: es un telegrama para Michael. El abuelo pregunta: ¿de quién? La abuela dice: ¡no sé! El abuelo insiste: ¡pues ábrelo! La pareja estaba sorprendida y se veía que tenían miedo de abrirlo, y mirándose uno al otro, el abuelo toma el telegrama y dice: bueno, ¿lo vas a abrir o qué? Dámelo, averigüemos quién lo envía. El abuelo lo abre y como lo iba leyendo, su rostro parecía muy sorprendido, y con ojos muy abiertos le grita a la abuela: ¡¡¡ella está viva!!! La abuela dice: ¡Dios mío lo sabía! yo lo sabía, te lo dije, yo tenía ese presentimiento de madre. ¡Es maravilloso! Se arrodillaron y dieron gracias a Dios. La pareja de ancianos se abrazó y lloraron de felicidad. Y la abuela decía: gracias Dios mío, porque mis oraciones han sido escuchadas. Al mismo tiempo, se preguntaban, ¿dónde está Michael? Vamos a buscarlo para darle la noticia, se va a poner tan contento, estoy tan contenta por él y por nosotros, el abuelo dice: mi hijo estará tan feliz porque va a conocer a su madre, la vera por primera vez, él que siempre está preguntando por su mamá y siempre dice ¿dónde estará? En ese momento grita: ¡Michael hijo! ¿dónde estás? Los abuelos se dirigen al cuarto de Michael, tocan la puerta y Michael responde: la puerta está abierta, pasen. En cuanto los abuelos entran, el abuelo le dice: hijo, tenemos buenas noticias, muy buenas noticias. Siéntate. Michael, hijo mío, tú sabes que no hemos sabido de tu madre por mucho tiempo, prácticamente desapareció desde que tú tenías tres meses, nunca más supimos por qué razón ella desapareció. Lo que sea que le haya pasado, fue en contra de su voluntad, nosotros conocemos muy bien a tu mamá, ella nunca abandonaría a su hijo recién nacido, a menos que la hayan obligado a hacerlo. Michael le dice a el abuelo: yo lo sé abuelo, anteriormente ya me lo habías dicho, pero ¿qué tiene eso que ver con la buena noticia? ¿qué tienes para mí? La abuela le dice: las buenas noticias, son que tu mamá vive y ella está en camino a casa. Michael se levanta muy rápidamente y dijo: abuela, ¿esto es una broma? El abuelo dice: no, esto no es una broma, esto es realidad, es verdadero, tu mamá está viva y viene hoy a casa. No sabemos dónde ha estado todo este tiempo, pero eso no importa, lo que importa, es que vendrá hoy a reunirse con nosotros. Michael dice: mi mamá está viva, casi no lo puedo creer, mi propia mamá, y Michael saltando de felicidad dice: pensé que jamás la conocería y hoy la veré por primera vez en mi vida ¡esto es maravilloso! El abuelo dice: ojalá que donde quiera que haya estado, ella se haya acordado de ti y estaba deseando verte, cuando ella esté aquí te lo dirá todo, tendrán mucho que platicar. La abuela dice: bueno no importa dónde ha estado, lo importante que ya está aquí. Michael le dice a la abuela: ¡abuela, pellízcame! quiero asegurarme que no estoy soñando, que esto que está pasando, que es realidad. Los tres se abrazaron, y el abuelo lee el telegrama. Mira lo que dice el telegrama: "Querido hijo Michael, queridos papás: Estoy bien y estaré en la casa hoy mismo. Los quiero mucho. Tamara Milok." Michael toma el telegrama y lo presiona fuertemente contra de su pecho. Mientras tanto, en el otro lado, se encuentra Tamara en el hospital... El doctor dice: Tamara, señora, creo que ha llegado el momento en que usted nos deje. Démosle una última checada y veamos cómo está hoy, ¿sí? Tamara le dice al doctor: me siento terriblemente bien, me siento una campeona. El doctor le hace un chequeo rápido y dice: me dices que te sientes bien y estás en lo cierto. No estás como una campeona, pero no estás tan mal tampoco. Te irás hoy, pero sabes que tienes una severa anemia, así que te llevarás algunos medicamentos contigo, tienes que tomarlos, tienes que cuidarte. Te voy a dar un consejo personal, tienes que continuar tu vida como si nada hubiera pasado, tienes que volver a vivir una vida normal, olvida tu pasado, tu nueva vida comienza hoy, hoy mismo, no mires atrás. Tamara responde: sí, trataré de olvidarlo y por supuesto tomaré mi medicina y me cuidaré. Me voy a preparar en este momento para la salida, porque el padre llegará en cualquier momento. El doctor dice: está bien. Tamara sonrío feliz y el doctor salió. Tamara empezó a arreglar sus cosas. En ese momento, el sacerdote ha llegado y le dice a Tamara: ya veo que el doctor no cambió de opinión, veo que tienes tus cosas listas para partir. Tamara responde: buenos días padre, sí, porque usted me dijo que estuviera lista. Bueno, pues ya lo estoy. El sacerdote dice: para esta hora, tu familia ya recibió el telegrama que les mandé ayer, así que a esta hora ya sabrán que llegarás hoy. Deben estar muy felices de que te vayas a reunir con ellos, después de tanto tiempo sin verse. El tren sale en dos horas, tenemos suficiente tiempo para llegar a la estación de trenes. Tamara dice: padre, ¿usted me está diciendo que ya compró el boleto del tren? El sacerdote contesta: sí querida, a esta hora. El doctor llegaba y dice: ya veo que tienes compañía, yo sabía que nuestro querido párroco te recogería para esta hora, ¿ya se van? El sacerdote dice: justamente ya íbamos saliendo. El doctor le dice a Tamara: ¿estás lista para salir? ¿necesitas ayuda? Tamara le responde: no gracias, yo podré ir sola, ya estoy lista para partir. No tengo muchas cosas, todo me cabe aquí, lo que me hicieron favor de regalarme las enfermeras. El doctor le dice a Tamara: me hubiese gustado detenerte al menos por dos semanas, pero tienes que partir y mi amigo, el sacerdote Tovar, está aquí para llevarte. Se pueden ir cuando ustedes gusten. El doctor se acercó a Tamara, le dio un abrazo y le dice: Adiós, que Dios los acompañe todo su camino, dale un saludo a tu hijo y le obsequió un oso de peluche para que se lo diera a su hijo. Después de eso, el doctor se alejó. Tamara le dice al sacerdote: estoy lista para poder irnos. Él responde: Tamara, déjame ayudarte con tu maleta. Y se fueron los dos camino a la estación de trenes. Una vez que llegaron a la estación, el sacerdote dice: aquí estamos ya, este es tu transporte para llegar a tus papás y tu hijo. Tamara le dice al sacerdote: padre, esto es como un sueño, casi no puedo creerlo, hace pocos días estaba en el infierno y ahora de repente me encuentro con esto que es tan hermoso, es increíble que en unas pocas horas más estaré reunida con mi hijo y mis padres. Sin la ayuda de Dios, esto sería imposible, a veces me da miedo que esto sea un sueño y que vaya a despertar en cualquier momento. El sacerdote le dice a Tamara: tú no estás soñando, esto es una realidad, es un premio a tu fe en Dios, es un premio a la esperanza, es un premio al amor que le tienes a tu hijo, y cuando la fe, la esperanza y el amor se juntan, hacen milagros, y nosotros somos testigos de uno de esos milagros. Dios, es bueno. Tamara sonrió y tomó las manos al sacerdote, y mirándolo a los ojos le dijo: padre, rece por mí y por aquellos pobres inocentes que se encuentran encerrados en cualquier campo de concentración Nazi, porque sufren mucho, muchos de ellos no tienen fe, esperanza, amor, están solos, abandonados, Usted que está cerca de Dios, pídale mucho, él escucha sus oraciones. El sacerdote le dice a Tamara escúchame: déjame decirte algo, yo creo que en lo personal, tú estás más cerca de Dios que cualquiera de nosotros, lo puedo ver en la fe tan grande que tienes, tú eres la indicada en pedir por toda esa gente. En estos momentos, los pasajeros han sido llamados para abordar el tren. El sacerdote despide a Tamara y le dice: es hora que abordes el tren, saldrá muy pronto, no quieres perderlo, ¿verdad? Tamara le responde: padre, quiero darle las gracias porque Dios lo ha puesto en mi camino y me dio todo lo que necesitaba. El sacerdote le responde: hija, te pido que seas muy feliz con tu hijo, que seas feliz con tus papás, que seas feliz con toda la gente que te rodea. Olvida el pasado, concéntrate en el presente, no mires atrás, camina con la frente muy en alto todo el tiempo, que no te apenes de nada, que estés orgullosa de ti misma. Tú has sido una víctima más de los errores humanos, has sido una sobreviviente del holocausto, y algo muy importante, quiero que recuerdes esto por el resto de tu vida, llévalo siempre presente y dite a ti misma "hoy es el primer día del resto de mi vida". Tamara le dice al sacerdote: le prometo hacerlo. Me voy a esforzar, ahora deme su bendición. El sacerdote le da la bendición diciendo: yo te bendigo, en el nombre del Padre, del Hijo y del Espíritu Santo, amén. Ahora ve en paz con Dios. El conductor del tren dice: ¡todos a bordo! Tamara y el sacerdote se miraron uno al otro y el sacerdote le dice: anda, ya sube, Dios te bendiga y te guarde. Mientras tanto, en la casa de los padres de Tamara... Michael le dice a sus abuelos: ¡estoy tan contento de poder ver hoy a mi madre! la podré llamar mamá y ella me dirá hijo mío. Podré decirles a mis amigos que tengo mamá, así como ellos la tienen y me cuentan historias de sus mamás. Ellos siempre hablan de su mamá y nunca puedo yo decir algo acerca de la mía. Pero de ahora en adelante, les podré hablar de mi mamá, así como ellos lo hacen. Los abuelos miraban a Michael y lo veían tan feliz de poder ver a su mamá otra vez. Michael les dice a sus abuelos: pero si es que mi mamá llega hoy, démonos prisa, vayamos a recibirla. El abuelo dice: sí hijo, eso dice exactamente el telegrama. Michael les dice a los abuelos: ¿y que esperamos? Vamos a la estación de tren a darle su bienvenida, ella puede estar esperando, ¡así que vayamos ya! El abuelo le dice: espera, no te precipites, es muy temprano, el tren hace parada a las dos cada día, no hay razón de apresurarnos. Además, la estación de trenes está muy cerca, tómalo con calma. La abuela dice: tengo suficiente tiempo para prepararle su platillo favorito, no me tardaré mucho en cocinarlo y después podemos ir a la estación de trenes para darle la bienvenida a tu madre. Ya no puedo esperar más para ver su cara cuando te vea. Michael le dice a la abuela: ¿y cuál es el plato preferido de mi mamá? Tal vez yo te puedo ayudar a prepararlo, así le podré decir que yo he cocinado para ella, para que ella me quiera más. La abuela le responde: por supuesto que puedes ayudarme, esa es una muy buena idea, hoy es día de muchas sorpresas. Así la abuela y Michael se fueron a cocinar y mantenían conversación al mismo tiempo. Entonces Michael le pregunta a la abuela: ¿a quién se parece mi mamá? ¿es ella bonita? La abuela paro de hacer lo que estaba haciendo para contestar, y pensando un poco dice: veamos... hace tanto tiempo desde la última vez que vi a tu mamá... bueno, pero puedo decir que tu mamá es muy bonita, es muy amable, muy bondadosa, muy humilde y más que nada le gustan mucho los niños. Ella te ama tanto y tú la vas a querer mucho, ella es una persona muy linda por su manera de ser. Espero que siga siendo la misma que antes, porque algunas veces las personas cambian con el tiempo. Yo pensé que ya la habíamos perdido, y estoy muy feliz de volver a verla. Y tú hijo, ¿qué sientes? Michael dice: yo estoy muy feliz abuela, no puedo creerlo, de repente tengo una mamá. Espero que ella aún me recuerde, ¿crees que sí? La abuela dice: estoy segura que ella te recuerda, porque ella te ama tanto que no lo puedes imaginar, estoy segura que ella sufrió mucho al no verte. Michael le dice a la abuela: yo quiero mucho a mi mamá, no me importa si es bonita o fea, espero que ella me quiera de la misma manera que yo la quiero. La abuela le responde: querido, ella te ama más de lo que tú piensas, ella te ama mucho antes de que tú nacieras, te ama desde el día que supo que tú vendrías a este mundo. En ese momento, el abuelo se une a la plática y dice: ya veo que tienen una junta aquí. Michael dice: mi abuela me contaba lo bonita que es mi mamá y lo mucho que ella me quiere, ¿tú crees lo mismo abuelo? Y el abuelo dice: por supuesto que ella te quiere mucho y es verdad que ella es la mujer más bella que puedes haber visto, tú ya verás que no te mentimos, tu mamá va a estar tan contenta en cuanto te vea otra vez. Solo Dios sabe qué ha sido de ella, pero de lo que estoy seguro, es que donde quiera que haya estado, ella ha hecho lo posible por reunirse con su hijo y con sus padres, estoy seguro que pensó mucho en ti todo este tiempo, porque ella te ama mucho. Michael se quedó callado, pensando e imaginando a su mamá, y en ese preciso momento, dos de los amigos de Michael se aparecieron y tocaron a la puerta. El abuelo fue a abrir la puerta y uno de ellos le pregunta: ¿Está Michael en casa? El abuelo responde: sí, aquí está, ¿por qué? El otro niño dice: déjelo salir para que vaya a jugar con nosotros por un rato, ¿sí? El abuelo dice: me temo que hoy no podrá salir a jugar con ustedes, porque su mamá regresa hoy de un largo viaje y Michael tiene que arreglarse para que la vaya a recibir. Y uno de los niños dice: pero creíamos que Michael no tenía mamá. Michael escuchó eso, vino y dijo: si tengo una mamá y regresa hoy de un largo viaje, ¿verdad abuelo? El abuelo vino hacia Michael y mirando a sus amigos le dijo: eso es correcto hijo, ella regresa de un largo viaje. Los dos amiguitos se miraron uno al otro sorprendidos, y Michael les dice a sus amigos: ustedes no me creen, pero verán a mi mamá esta misma tarde, si ustedes andan por aquí, yo se las voy a presentar, así no me lo discutirán más. Un amiguito le dice a Michael: está bien, te creemos, pero pregúntale a tu abuelo si te deja ir a jugar un rato con nosotros. Michael le pregunta al abuelo: abuelo, ¿me dejas ir a jugar un rato con mis amigos? solo por un rato mientras la abuela termina de cocinar. El abuelo dice: está bien, es temprano, puedes ir un rato a jugar con tus amigos, pero solo un rato, no se tarden mucho. Acuérdate que tienes que asearte y cambiarte de ropa antes de ir por tu mamá. Y los tres amigos se alejan y van muy platicadores. Uno de los amigos le dice a Michael: Michael, ¿de verdad tienes madre? Sí amigos tengo una mamá de verdad, ella es muy bonita y como les dije antes, ella regresa hoy de un largo viaje. El otro amigo dice: ¿cómo es que nunca la hemos visto antes? Michael responde: aún ustedes no entienden la razón porque nunca la han conocido antes, ella ha estado viajando por todo el mundo, ella es algo así como... un agente de ventas. Ustedes saben, ella es una persona muy importante en su compañía. Un niño le dice al otro: ¿oíste eso? ella viaja alrededor del mundo, debe ser muy rica. Michael afirma: sí ella es rica, bueno no tanto, pero en su próximo viaje, ella me llevara, viajaré con ella alrededor del mundo y eso es muy bueno. Les mandaré tarjetas de todos los lugares que vaya a visitar. Los niños le dicen a Michael: ¿nos lo prometes? Y Michael les dice a los amigos: se los prometo. Y los tres amigos corrieron hasta encontrarse con este hermoso parque que se encontraba muy cerca del río. Los niños felizmente pateaban la pelota de fútbol, lo hicieron por varios minutos hasta que uno de los niños, pateó el balón tan fuerte que la pelota se fue en dirección al río. Uno de los amiguitos de Michael siguió la pelota, cuando esta terminó cayendo a las aguas del río. Este niño trataba de alcanzar la pelota con sus manos y sacarla del río, trataba de rescatar la pelota, pero nunca pudo alcanzarla. Hasta que resbaló y cayó al agua. Michael, viendo que su amigo cayó al agua, corrió hacia el río y tratando de rescatar a su amigo, estiraba sus manos para tratar de sacarlo. Pero desafortunadamente Michael también cayó al agua. El niño que quedó fuera del agua comenzó a gritar y a pedir ayuda, este corría en círculos gritando por ayuda, pero se sentía impotente por no poder hacer nada. Estaba viendo desesperadamente lo que les pasaba a sus amigos, cómo eran tragados por las aguas del río, tenía sus manos en la cabeza, y con un semblante desgarrador corrió gritando hacia el pueblo pidiendo ayuda a todos, gritaba a todo pulmón por ayuda. Volviendo con Tamara… ella se encuentra a bordo del tren hacia la casa de sus padres y en busca de ver a su hijo. Busca un asiento y el tren comienza a caminar. Tamara disfrutaba del paisaje, todo era tan bonito, dos horas después, el tren paraba en un pueblito. Tamara miraba para todos lados, nerviosa, estaba muy feliz y emocionada. El tren lentamente fue deteniéndose, hasta que paro por completo, alguna gente comenzó a descender del tren. Tamara buscaba a sus padres y a su hijo por la ventana, pero no veía a nadie, nada más familiares de otros pasajeros recibiendo a los suyos con abrazos y besos. Se veían con tanta felicidad cuando se abrazaban, pero ella no conocía a nadie. Tamara comenzó a descender del tren y una vez en el piso buscaba ansiosamente a los suyos, pensó que era cuestión de minutos para ver a su familia. Movía su cabeza de un lado a otro, buscando algún conocido que le diera la bienvenida, pero no veía a nadie. El tiempo pasaba y la gente iba desalojando la estación poco a poco. Hasta un rato después que quedó vacía la estación, ya no había ningún pasajero. Tamara era la única que quedaba. Fue cuando se dio cuenta que nadie la había venido a recoger. Un trabajador de la estación de trenes se le acercó y le dijo: me parece que la han olvidado. Tamara dice: sí, así parece. Tamara comenzó a caminar a una salida y el trabajador notó que Tamara rengueaba y que tenía problemas para caminar. Por supuesto, no podía cargar su maleta y en la otra mano llevaba cargando el oso de peluche para darlo a su hijo. Así que el trabajador le dice: déjeme ayudarle a cargar su maleta, y Tamara le dice: es usted muy amable, gracias. Los dos caminaron hacia la salida de la estación. El hombre le pregunta a Tamara: ¿por dónde vive? Tamara dice: no lejos de aquí. El trabajador pregunta: ¿y le avisó a su familia que venía hoy? Tamara responde: un amigo mío les mando un telegrama avisándoles que hoy llegaría, a menos que no hayan recibido el telegrama. El hombre le dice a Tamara: eso es lo que pasa últimamente, la oficina de telégrafos ha estado deficiente, no es muy confiable, y estas son las consecuencias. Definitivamente sus familiares nunca recibieron ese telegrama, esa es la razón por la cual usted no ve a ningún miembro de su familia. Tamara le dice al hombre: ¿sabe? extraño toda la felicidad que causa cuando los familiares son recibidos, se abrazan unos a los otros, llorando de alegría, dándoles la bienvenida. Recuerdo cuando era una chiquilla y solíamos venir a dar la bienvenida a mi papá los fines de semana que regresaba de trabajar. Era una hermosa sensación. Bueno, yo me lo he perdido hoy. ¿Podría conseguirme un transporte que me lleve a mi casa? El hombre le dice a Tamara: por supuesto, le conseguiré un taxi ahora mismo. Tamara espera unos minutos y el hombre regresa con un taxi. Tamara le agradece al hombre dándole una propina. Tamara le da la dirección al chofer y el chofer emprende el viaje hacia la casa de Tamara. En unos pocos minutos el taxista para frente a una casa, y Tamara se encuentra frente a la casa de sus padres. Tamara sentía que los latidos de su corazón eran muy fuertes y rápidos, se encontraba muy emocionada y feliz, pues estaba dónde justamente estarían sus padres y su hijo. El chofer le dice: aquí es la dirección que usted me dio. Tamara miraba alrededor, se veía nerviosa. Le pagó al taxista, salió del carro y el chofer en segundos desaparece. Y ahí estaba Tamara, sola frente a la casa de sus padres. Ella voltea a todos lados y trata de reconocer la casa, ve el frente de la casa y justo ahí están sus padres. Están parados. En cuanto Tamara vio a sus padres, en su rostro se dibuja una enorme alegría y corrió hacia ellos. Los tres se abrazaban y se besaban uno al otro, sus ojos se llenaron de lágrimas y permanecieron abrazados por un largo tiempo hasta que Tamara dice: mamá, papá... Los padres de Tamara no dejaban de acariciarla con lágrimas rodando en sus mejillas y después de un buen rato, cuando la felicidad de la bienvenida pasaba, Tamara miró a su alrededor y notó que no veía a su hijo. Alguien faltaba, ahí no estaba su hijo. Y con ansiedad, preguntó a sus padres: y ahora, vayamos al momento más feliz de mi vida... ¿Dónde está Michael? ¿dónde está mi bebé? ¡Michael, sal de ahí donde quiera que estés escondido! ¡ven, dale un abrazo a mami! ¡He estado esperando este momento por mucho tiempo! Los padres de Tamara se miraban uno al otro, con rostro de compasión hacia su hija. Ninguno de los dos decía nada. Cuando Tamara notó que su hijo no venía, supo que algo malo pasaba y cambió su semblante. Fue cuando ella alzó fuerte su voz y preguntó por su hijo: papá, mamá, ¿dónde está mi hijo? Los padres de Tamara no sé atrevían a decir nada, únicamente se veían uno al otro. Tamara notó que no era normal lo que pasaba, se acercó a su madre y le pregunto: mamá por favor, ¿dónde está mi hijo? La mamá de Tamara no dijo nada, miró a su esposo como pidiendo ayuda. El papá de Tamara inclinó la cabeza hacia abajo, tampoco decía nada. Tamara se dirige a su padre y tomándolo fuertemente de sus hombros, lo sacude como obligándole a que hablara, y le pregunta: padre, mírame, ¿dónde está mi hijo? ¡por favor tengan piedad de mí! ¡¡¡por favor!!! ¡¡¡Quiero saber dónde está mi hijo!!! ¡¡¡tengan piedad!! El papá de Tamara, con la cabeza baja, agachada, y muy triste, abrió la boca y empezó a decir unas palabras... "Esta mañana... Michael, tu hijo..." Pero no pudo continuar, no pudo decir más y lloraba ruidosamente. En el rostro de Tamara, su expresión era deprimente, era triste. Ella, gritando, esta vez vuelve a preguntar a su padre: ¿qué es lo que está mal con mi hijo? ¿qué es lo que le ha pasado? Díganme, ¿está hospitalizado? ¿está enfermo? Díganme, ¿qué tan mal está? La mamá de Tamara no pudo más, viendo el dolor de su hija, y comenzó a llorar sin control, ruidosamente, pero sin decir nada, y abrazo a su hija diciéndole: ¡mi hija, mi pobre hija! Tamara le pregunta a su madre: ¿me dirás lo que está pasando, por favor? Los padres de Tamara se miraron mutuamente, y finalmente fue el padre de Tamara que se atreve a decir con la cabeza baja y en voz muy débil: "esta mañana, tu hijito, Michael, fue con sus amigos... fue a jugar... y... y..." El padre de Tamara no pudo decir más, no pudo continuar y decirle a su hija, lo que le había pasado a su nieto. Tamara, desesperada, mirando a todos lados, buscaba respuestas que nunca encontró. Se quedó mirando a sus padres, miro a la casa y corrió hacia ella. Una vez dentro de la casa, se quedó viendo algo con horror... y abriendo mucho sus ojos, ve que dentro de la casa hay un pequeño ataúd y dentro de él, se encuentra el cuerpo de su hijo Michael. Tamara dejó escapar un fuerte alarido... ¡¡¡Nooooo!!!

¡¡¡Nooooo!!! ¡¡¡hijo mío!!! ¡¡¡Michael, nooooo por favor!!! ¡Esto no puede ser verdad! Hijo despierta por favor, no puedes hacerle esto a mami, Michael despierta hijo mío, abre tus ojitos, mírame soy tu mami ¡¡¡por favor, Michael, mírame!!! mami ha venido a verte, despierta, ¿no quieres ver a mami? ¡Vamos, tienes que abrir los ojitos! ¡despierta, anda dame un beso! ¡hijo, háblame, dime algo, quiero escuchar tu voz! ¡háblame hijo mío, mírame! ¡abre tus ojitos, quiero oír tu voz, quiero que me llames "mami" por favor! ¡esto no es verdad, dime que estas jugando! ¡¡¡háblame, hijo!!! ¡¡¡háblame!!! Tamara tuvo el cadáver de su hijo fuertemente abrazado por largo tiempo, lo seguía llamando y suplicando que se despertara. Los padres de Tamara solo miraban con lágrimas el sufrimiento de su hija.